dtv

Sie ist die personifizierte Neugier. Sie hinterfragt alles. Sie ist süchtig nach Zeitungen. Sie hält sich als Stubentiger für den besseren Menschen. Und sie hat selbst Konrad, den Mann im Leben ihrer Tür- und Dosenöffnerin, von sich und ihresgleichen überzeugt: Schlumpel, dieses »Muster an Anmut und Eleganz« und »Schmuddelkatze« in Personalunion, die seit drei Jahren das Dasein der Erzählerin verschönert und bereichert. Ein Leben ohne Katze wäre für sie nicht vorstellbar. Daß aber auch der anfänglich so reservierte Konrad so denkt und eines Tages gar »was Eigenes« mit nach Hause bringt, überrascht sie dann doch …

Eva Berberich lebt mit Katze und Ehemann, dem Schriftsteller Armin Ayren, in Oberweschnegg im Hochschwarzwald. Weitere Werke: ›Alles für den Kater‹ (2001), ›Das Glück ist eine Katze‹ (2005).

Eva Berberich

Nicht ohne meinen Kater!

Mit Illustrationen
der Autorin

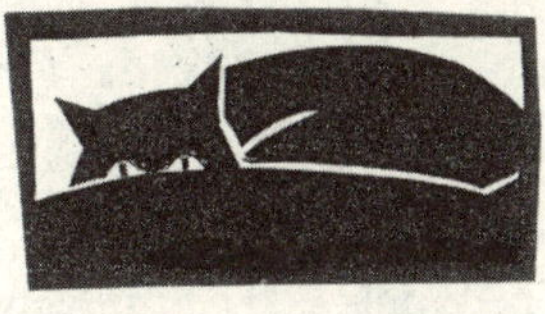

Deutscher Taschenbuch Verlag

Von Eva Berberich
sind im Deutschen Taschenbuch Verlag erschienen:
Alles für den Kater (dtv großdruck 25187)
Das Glück ist eine Katze (dtv großdruck 25232)

Originalausgabe
November 2007

www.dtv.de
Umschlagkonzept: Balk & Brumshagen
Umschlagbild: gettyimages/The Bridgeman Art Library
Gesetzt aus der Stempel Garamond 12/14· (3B2)
Gesamtherstellung: Druckerei C. H. Beck, Nördlingen
Gedruckt auf säurefreiem, chlorfrei gebleichtem Papier
Printed in Germany · ISBN 978-3-423-25280-5

Für Armin

»Die ganze Welt müßte schnurren lernen. Wenn man schnurrt, so bedeutet das, daß man eine Seele hat, eine winzige Katze in der Tiefe seiner Brust.«

Robert Crottet

Inhalt

Von der Würde und von den Socken

Einszweidrei, im Sauseschritt, läuft die Zeit; wir laufen mit«, sagte ich.

Schlumpel, meine sanftwilde Katze, lag auf Konrads Musiksessel – der heißt so, weil Konrad, will er Musik hören, sich darauf niederläßt – und schnarchelte inbrünstig.

Ich fuhr fort: »*Schlumpel ist nun wirklich groß –*«

Sie spitzte die Ohren –

»*– pfiffig, fett und tadellos.*«

Sie legte die Ohren halb nach hinten. »Was hast du gesagt?«

»Daß jemand schon groß ist. Und pfiffig. Und tadellos.«

»Du hast noch was gesagt: fett.« Ihre Schwanzspitze fuhr hin und her.

»Das sage nicht ich, sondern Wilhelm Busch.«

»Blöder Hund, der Busch!«

»Er meint natürlich Julchen.«

»Du meinst aber Schlumpel.« Sie plusterte ihren Schwanz zur Bürste auf.

»War doch nur ein Späßle.« Ich hielt ihr das Buch vor die Nase mit der Geschichte und den Bildern vom Julchen drin. »Hier steht's: *Julchen ist nun wirklich groß, pfiffig, fett und tadellos.* Sag deinem Schwanz und deinen Ohren, sie können sich abregen.«

Meine Katze nimmt nie lange übel. Die Ohren zeigten wieder freundlich nach vorn, die Schwanzspitze machte einen versöhnlichen Kringel nach oben.

»Du bist kein bißchen fett«, sagte ich begütigend. »Du hast eine prima Figur. Ich wär froh, wenn ich – na ja. Du bist die allerschönste Katze in Oberweschnegg.«

»In Unterweschnegg gibt's auch ein paar«, sagte Schlumpel.

»Die tausendmalschönste Katze von Ober- und Unterweschnegg und dem mickrigen Rest der Welt. Niemand hat einen so roten Pelz, so verrutschte Socken und so einen Tupfen auf der Nase. Keine anderen Katzenaugen grünen so grün wie deine.«

»Und mein Opa«, sagte Schlumpel, »war der allerschönste und allerliebste Kater von überall.«

»Ja, das war er. Wen man liebgehabt hat, den kann man nicht vergessen, auch wenn er, wie Stoffele, ein Saubär gewesen ist.«

»Sag das noch mal, das vom Sausen.«

»Einszweidrei, im Sauseschritt, läuft die Zeit; wir laufen mit.«

»Ich nicht«, sagte Schlumpel. »Ich mach Müffchen.« Sie knickte ihre Vorderpfoten ein, was immer sehr gewinnend aussieht, sehr beruhigend und kein bißchen sausend.

»Ja, jetzt gerade. Weil du genau weißt, daß ich es nicht hinkriege, obwohl ich es immer wieder versuche. Aber gestern bist du wie eine Furie hinter Bastians Seppi hergerannt.«

»Ich hab ihm was sagen müssen. Und er hat's nicht hören wollen. Saust du auch manchmal wie die Zeit?«

»Nur in Maßen. Seit ich nicht mehr so furchtbar jung bin, sause ich viel weniger. Und wesentlich langsamer.«

»Du saust nicht, weil dir die Luft ausgeht«, sagte Schlumpel lieb. »Und weil du nur zwei untere Laufpfoten hast.«

»Wenn man gereifter ist, hetzt man sich nicht mehr so ab. Außerdem hab ich jemand, der ausgesprochen besänftigend auf mich wirkt.«

»Auf mich«, sagte Schlumpel, »wirkt Konrad aber nicht sänftigend. Und er ist gar nicht da.«

»Ich meine nicht Konrad. Ich meine die allerschönste, allerliebste, pfiffigste, tadelloseste, unfetteste Schmuddelkatz, die jemals die Fäden aus meinen Sesseln gezogen hat.«

Schlumpel schwenkte den Schwanz ein paarmal und verlangte nach einem Kissen.

»Aber du hockst schon auf dem bequemsten und weichsten Sessel im Haus. Bist du die Prinzessin auf der Erbse?«

»Ich brauch eins. Du sitzt höher. Das geht nicht. Bring mir den Elefant.«

»Wenn schon, dann den Elefanten.« Das sah ich ein, die Katze hat ein angeborenes Recht auf den höchstgelegenen Sitzplatz. Ich brachte ihr also das dicke Kissen, auf das meine liebe Mutter einst einen Blümchenelefanten appliziert hatte und das ich sehr in Ehren halte. Der Blümchenstoff war übrigens mal Teil meines Tanzstundenkleids gewesen; auch ziert den Elefanten zur Freude meiner Katze eine Satteldecke mit roten Troddeln. Nun thronte sie mindestens zehn Zentimeter über mir, was die Rangordnung wieder herstellte.

Schlumpel zwickte die Augen zu und schnurrte.

Eine Katze verschönert das Leben sehr. Nicht immer – etwa, wenn sie auf den Teppich spuckt, hinter den Schrank pinkelt, wenn sie darauf besteht, die teurere Büchse zu kriegen, oder wenn sie ein paar Tage nicht heimkommt –, aber meistens halt doch.

Schlumpel verschönert mein Leben seit fast drei Jahren. Konrad verschönert mein Leben seit fünf Jahren. Konrad war zunächst der Meinung, Schlumpel trage nichts zur Verschönerung meines und schon gar nicht seines oder unseres gemeinsamen Lebens bei, das an Wochenenden und in häufigen Kurzurlauben stattfindet, aber da er einsehen mußte, daß ich das nicht so sah, beschloß er, zuerst zähneknirschend, dann großmütig, Schlumpel in Gottes Namen doch als lebensverschönernd zu betrachten.

Konrads Weg zu Schlumpels Herz war ein Hindernisrennen, bei dem er öfters auf die Nase fiel. Aber die Wunden auf seiner Nase sind verheilt, die andern Wunden auch – wenn Konrad von uns fortging, war er von oben bis unten verpflastert, Schlumpels Ungunstbezeugungen hinterließen stets blutige Kratzspuren. Doch nun hängt der Haussegen – meistens – gerade. Als Mann – als menschlicher Kater sozusagen – ist Konrad meiner Katze sowieso unterlegen, und wenn sie will, kann sie ihn um den Schwanz wickeln.

»Saust Konrad?« fragte Schlumpel, das Gespräch dort wieder aufnehmend, wo wir es hatten liegenlassen.

»Konrad saust prinzipell nicht, das verhindern seine Bandscheiben und seine männliche Würde.«

»Was ist Würde?« fragte Schlumpel.

»Würde, also Würde ist – warte mal – die ist gar nicht so einfach zu erklären.«

»Das sagst du immer, wenn du was nicht weißt«, sagte Schlumpel.

»Gleich hab ich's. Jedenfalls: die Würde, was immer sie ist, sie ist unantastbar.« Ich nickte. Dreimal.

»Was ist ›untastbar‹?«

»Keiner darf sie anfassen.«

»Mit den Pfoten?«

»Mit Pfoten und Wörtern.«

»Deine auch?«

»Auch meine.«

»Und die vom pfiffigen Julchen, das in deinem Buch drinsteht und fett ist und tadellos?«

»Julchen selbst ist ziemlich antastbar«, sagte ich, »wenigstens für einen gewissen Fritz, aber die Julchenwürde ist es nicht.«

»Hat Konrad eine?«

»Konrads Würde«, sagte ich, »steht außer Zweifel.«

»Erzähl von der außerzweifelhaft herumstehenden Konradswürde«, verlangte Schlumpel, legte den Kopf auf die Pfoten und spitzte die Ohren.

»Die ist noch unantastbarer. Die ist das

Unantastbarste, was wir auf diesem Gebiet haben.«

»Warum?«

»Weil bei den Katern – den Männern – alles noch viel mehr ist als bei uns Katzen.«

Schlumpel zwickte die Augen zu und bedachte meine Worte. Das dauerte eine Weile, und ich glaubte schon, sie sei darüber eingeschlafen. Was sie aber nicht war. Sie machte die Augen wieder auf. »Ich will«, sagte sie, »auch eine Würde haben.«

»Die hast du auch. Eine Schlumpel- und Katzenwürde. Also zwei Würden in einer, was nicht jeder hat.«

»Eine schlumpelige Katzenwürde«, sagte Schlumpel, »eine katzige Schlumpelwürde hab ich, eine würdige Katzenschlumpel bin ich, eine würdige Schlumpelkatz.« Sie schnurrte ein stolzes, glückliches, würdiges Schnurren. »Und wenn einer an meiner Würde rumgrabscht, kriegt er eins drauf.« Sie schlug mit der Tatze in die Luft und machte Gluhaugen. »Der Seppi. Oder Othello. Woher weißt du das mit der Würde? Und daß keiner sie begrabschen darf?«

»Das steht im Grundgesetz«, sagte ich.

»Was ist das?«

»Das ist so was wie die Hausordnung, die ich mal für deinen lieben seligen Großvater gemacht hab. Damit er weiß, was er darf und nicht darf.«

»Hat er sie –?«

»Nein«, sagte ich, »Stoffele hat nie etwas befolgt. Das lag nicht in seiner Natur. Er hat eine neue gemacht. Für mich.«

»Hast du sie –?«

»Ich schon. Aber dann sind wir draufgekommen, daß Hausordnungen nur einengen, und haben beide feierlich verbrannt. Doch bei der Würde geht es nicht ohne Grundgesetz. Weil sie so wichtig ist.«

»Und unbegrabschbar«, sagte Schlumpel.

»So ist es.«

Damit, dachte ich, sei das Problem gelöst und ich hätt meine Ruh und könne weiterlesen. Jedoch der Mensch denkt, und die Katz lenkt ...

»Zeig mal her, das gründliche Gesetz!«

Ich holte das Grundgesetz – jawohl, ich besitze eines –, schlug es ganz vorne auf und las Schlumpel den berühmten – von mir leicht veränderten – ersten Satz vor: *»Die Würde der Katze ist unantastbar.«*

Schlumpel war sehr zufrieden. »Und die Kater, also der Seppi und die andern – haben die auch eine Würde?«

»Klar. Wenn Konrad eine hat –«

»Wo haben sie die Würde denn?«

»Diese Frage«, sagte ich wie vorhin, »ist nicht so leicht zu beantworten.«

»Ist die Würde im Schwanz? In den Ohren? Den Pfoten? Im Schnurrbart?«

»Die Würde sieht man nicht wie die Ohren oder den Schwanz. Die ist unsichtbar. Obwohl sie da ist.«

»Bei Konrad sieht man sie auch nicht«, sagte Schlumpel, »er hat sie bestimmt versteckt.« Sie gähnte wiederum. »Wie neulich. Und nicht mehr gefunden. Er hat sogar unterm Schrank geguckt. Und er hat gesagt, da bist du dran schuld, und jetzt steht er ganz blöd da. Er hat auch blöd ausgesehen.«

»Ohne Würde?«

»Ohne Socken. Einer war weg.« Sie legte den Kopf auf die Pfoten. »Ich glaub, ich geh ein bißchen unter.«

Das mit dem Untergehen hat sie von der Sonne. Es bedeutet, sie habe vor, ein Nickerchen zu machen. Gottlob geht meine Katze, auch darin der Sonne gleichend, immer wieder auf.

»Schlumpel«, sagte ich, »das ist doch ganz was anderes. Du verwechselst Konrads Würde mit Konrads Socken, weil du, nachdem du die Nachbarskater den ganzen Nachmittag herumgescheucht hast, so müd bist, daß du die beiden verständlicherweise nicht mehr auseinanderhalten kannst. Lassen wir Würde und Socken für heute aufeinander beruhen.«

»Ich hab meine immer an«, sagte Schlumpel.

»Deine Würde?«

»Meine Socken. Jetzt weiß ich's. Die Würde von Konrad ist ein einzelner Socken, der weg ist.«

Dann war sie auch weg.

Unnützes Zeugs

Längst ist sie kein Katzenkind mehr, aber immer noch die personifizierte Neugier. Schlumpel will alles, alles, alles wissen, und zwar sofort, mit den Augen, dem Schwanz – besonders der Schwanzspitze –, dem Schnurrbart, den Pfoten, der Nase. Sogar der Nasentupfen und die Streifen auf ihrem roten Pelz wirken neugierig.

Ich saß im Zelt im zweiten Stock – es heißt so, weil die schiefen Wände wie ein gemütliches Zeltdach sind – vor Heini, dem Computer, den Schlumpel nicht besonders mag, weil ich ihm, ihrer Meinung nach, zu viel Zeit widme, die ich besser mit ihr verbrächte. Meine Katze lag auf dem Heizkörper vor dem Fenster, über dem befindet sich ein Rost aus schmalen Brettern, und Schlumpel liebt es, wenn's kalt ist, die Pfoten durch die Zwischenräume zu hängen und sich den Bauch wärmen zu lassen. Von dort aus kann sie das Zimmer und den Garten überblicken. Und sie liebt Unterhaltung. Unsere Gespräche sind mal tiefschürfendmetaphysisch, mal von schmetterlingshafter Leichtigkeit oder von charmanter Absurdität. Eins sind sie jedenfalls nie: langweilig.

»Was machst du gerade?«

»Siehst du doch. Ich schreibe.«

»Warum?«

»Weil ich eine Idee hab.«

»Hab ich auch.« Sie erhob sich, streckte sich, machte einen Buckel und spazierte, unter Umgehung einiger Weghindernisse wie Bücher, Kerzenständer und Lautsprecher, auf mich zu. »Ich komm ein bißchen zu dir.« Dann saß sie auf dem Tisch, genau zwischen Heini und der Tastatur. »Damit du dich freust.«

»Klar freu ich mich. Später.« Ich schob sie weg. »Wart ein bißchen.«

Wer eine Katze hat, richtiger gesagt, wer von einer Katze gehabt wird, der weiß, daß man so was nicht sagen darf. Eine Katze wartet nie, kein bißchen, wenn sie sich was in den Kopf gesetzt hat.

»Was ist das?« Sie tippte auf das Ding neben dem Telefon.

»Das ist mein Klammeraff.«

»Der sieht aber gar nicht affig aus.«

»Ich nenn ihn nur so. Er heftet Blätter zusammen, damit sie nicht verlorengehen.«

»Klammer mal, du Aff!« befahl Schlumpel.

»Das kann er erst, wenn ich ihm vorher die

Klammern in den Bauch geschoben habe. Es sind aber keine mehr da.«

Schlumpel verlor sofort das Interesse am Klammeraffen. »Und das?« Sie tippte auf etwas Grünes, Längliches.

»Das ist ein Brillenetui. Da wohnt meine Brille drin.«

Schlumpel verlangte die Brille zu sehen. Sie war aber nicht zuhause.

»Die geht dauernd spazieren und sagt mir nie, wohin. Ich renn dann rum und such sie.«

»Und das?« Die Pfote zeigte auf ein Ding aus weißglasiertem Ton.

»Das ist etwas sehr Angenehmes, Nützliches. Unten kommt ein Teelicht hinein und oben ein wohlriechendes Öl. Wenn ich das Teelicht anzünde, erwärmt sich das Öl und duftet wunderbar. Und so ein wunderbarer Duft fördert die Vermehrung schöner Gedanken.«

»Mach mal Mausduft!« verlangte Schlumpel.

»Der ist grad ausgegangen.«

»Wohin?«

»Er hat sich eine Maus gesucht. Ohne Maus hängt er nur dumm rum. Zitrone hätt ich noch.«

Schlumpel fand, wie fast alle Katzen, Zitrone widerlich. »Was ist das?«

»Meine Pillendose. Da sind Pillen drin, für

jeden Tag. Kalzium. Magnesium. Kieselerde. Sehr gesund.«

»Zeig mal!«

Ich öffnete die Dose. Wollte sie öffnen. Kriegte sie aber nicht auf. Sie klemmte. Schon seit drei Wochen. »Meistens vergeß ich das Zeug sowieso«, sagte ich.

»Und das?« Sie tippte auf den Zeitgockel. Der ist aus Kunststoff, hat einen gelben Schnabel, oben einen roten Kamm und unten eine Skala.

»Der Kerl kikerikit, wenn ich einen Kuchen aus dem Ofen nehmen muß.«

»Kikeriki mal!« forderte Schlumpel den Gockel auf.

Der hielt den Schnabel. »Er kräht nur, wenn er eine Batterie im Bauch hat«, erklärte ich. »Im Augenblick ist sein Bauch leer.«

»Ich kann auch ohne so ein Bauchding schnurren«, sagte Schlumpel verächtlich und fetzte dem Gockel eine. Der schlitterte über den Tisch und verkroch sich hinter dem Drukker. »Und du?«

»Ich kann leider überhaupt nicht schnurren«, gab ich betrübt zu. »Weder mit noch ohne Batterie. Ich wüßt nur gern, warum du mich das immer wieder fragst, wo du doch genau weißt, daß ich's nicht kann.«

»Man hört's halt gern«, sagte Schlumpel und setzte sich auf ein Buch. »Das ist aber dick.«

»Und unentbehrlich. Es ist das Handbuch für Heini. Darin wird haarklein erklärt, wie man mit Heini richtig umgeht.«

»Und dann weißt du's?«

»Nein. Ich versteh's nicht.«

»Weil du blöd bist.«

»Ich bin nicht blöd«, sagte ich leicht gekränkt, »nur in technischer Hinsicht. Aber es gibt Gott sei Dank Valerie, die kennst du ja. Wenn Heini bockt, kommt sie herbei im Sauseschritt –«

»Einszweidrei, im Sauseschritt«, verbesserte mich Schlumpel –

»– und liest Heini die Leviten. Sie guckt ihm scharf in die Augen, dann –«

»Dann kuschelt er«, sagte Schlumpel.

»Er kuschelt nicht, er kuscht. Aber nur bis zum nächsten Mal.«

»Und der hier mit dem dicken Bauch?«

»Das ist der Wäschesprüher, den ich zum Luftbefeuchter ernannt habe. Im Bauch ist Wasser, das sprüh ich nebelfein durch das dünne Rohr hier ins Zimmer, dann ist die Luft nicht mehr so trocken, und ich muß mich nicht dauernd räuspern.«

»Mach mal!«

Ich schüttelte den Befeuchter der Luft, aber er gluckerte nicht. »Sein Bauch ist leer. Ich vergeß dauernd, ihn aufzufüllen.«

»Was ist das?«

»Das ist mein Fußroller. Siehst du die Holzkugeln? Wenn ich mit den Füßen über die Rolle rolle, dann rollen sie.« Ich fand meine Erklärung auch sprachlich nicht überzeugend.

»Warum?«

»Die Fußrollerei sorgt für eine bessere Durchblutung. Und gut durchblutete Füße sind besser gelaunt und schön warm.«

»Roll mal!« befahl Schlumpel.

»Geht gerade nicht«, sagte ich. »Die Rollen wollen nicht rollen. Sind wie festgeklebt. Irgendwo klemmt's. Und das seit zwei Monaten. Ich hab Konrad gebeten, die Rollen wieder zum Rollen zu bringen, aber er hat gesagt, er denke nicht daran, die Rollerei gehe ihm auf die Nerven.«

Doch Schlumpel stand der Sinn nach Rollen, weshalb sie einen Kugelschreiber auf dem Tisch hin- und herrollte. »Was kann der?«

»Der kann schreiben, wenn Heini mal verschnaufen will.«

»Sag ihm, er soll mal!«

»Er kann nur mit einer Mine drin. Und im Augenblick hab ich keine.«

Schlumpels Interesse an den Dingen auf und unter meinem Schreibtisch erlosch, denn drunten im Garten war Seppi aufgetaucht. Einmal, weil er Schlumpel verehrt, und dann, weil er gern nachschaut, was in ihrem Schüsselchen drin ist. »Bei dem ist nix kaputt«, sagte sie verächtlich. »Der jault richtig, wenn ich ihm eine runterhau. Und der braucht keine blöden Rollen, die doch nur klemmen, der rennt selber. Und er kann schnurren und pinkeln, weil er innen nicht leer ist. Und er riecht. Nach Kater. Ich geh ein bißchen raus und jag ihn rum.«

»Tu das!« sagte ich, und als sie weg war, holte ich einen Karton, warf alle nicht funktionierenden und also unnützen Dinge hinein und genoß die schöne Leere, die auf einmal auf meinem Schreibtisch herrschte. »Das Zeug kommt zum Sperrmüll.«

Venus im Pelz

»Kluge Männer«, sagte Konrad, der uns die Ehre seines Besuches gab, »üben auf Katzen eine magische Wirkung aus. Deshalb wurden die langschwänzigen Grazien des tierischen Königreichs die bevorzugten Gefährten von Mohammed, Kardinal Richelieu und Nietzsche. Und von Konrad.«

»Red nicht so geschwollen daher«, sagte ich.

»Das sage nicht ich, sondern Leopold von Sacher-Masoch. Steht im letzten Katzenkalender.«

»Da stimmt was nicht.« Ich holte den Karton, in dem ich alle seit Adam und Eva erschienenen Katzenkalender sammle. Darauf klebt ein Schildchen mit einer Katze, die Lukas, der Sohn meiner Nichte Monika, mit sechs Jahren gemalt hat. *Da sint katzen drinn,* hat er geschrieben und eine Katze dazugemalt. Vielmehr einen Kater, schwarz, mit weißer Schwanzspitze. Ich hab ihm oft von meinem lieben Stoffele erzählt, dem Kater aller Kater, der längst in den ewigen Jagdgründen den

Mäusen nachrennt, wobei ich mir ziemlich sicher bin, daß er auch dort keine erwischt. Hoffentlich sind die himmlischen Fleischbüchsen immer gut gefüllt, denn Manna allein liefert wohl kaum die sieben wichtigen Vitamine, auf die Stoffele äußersten Wert gelegt hatte, und ob es ohne Konservierungsstoffe auskommt, weiß allein der Himmel. Konrad sagt zwar, ich hätte geradezu lächerlich naive Vorstellungen vom Jenseits, besonders von dem der Katzen und Kater, denn es gebe weder das eine noch das andere, aber was Konrad sagt, wenigstens in diesem Falle, ist mir wurscht.

Ich wurde gleich fündig, im ›Katzenkalender 2006‹. *»Katzen üben eine magische Wirkung auf kluge Männer aus«*, las ich Konrad vor. *»Deshalb wurden die langschwänzigen Grazien des tierischen Königreichs die bevorzugten Gefährten von Mohammed, Kardinal Richelieu und Friedrich Nietzsche. (Leopold von Sacher-Masoch)* Von einem Konrad steht da nichts. Du bist halt noch nicht katzenkalenderwürdig. Es sind die Männer, die den klugen Katzen nachrennen und um ihre Zuneigung buhlen, wie du mal um Schlumpels Zuneigung gebuhlt hast. Weil sie wissen, von den Katzen können sie was lernen, und dann werden sie womöglich noch klüger.«

»Unmöglich«, sagte Konrad bescheiden.

»Noch klüger, als ich schon bin, kann ich nicht werden.« Und versenkte sich in sein Buch. Es ist wirklich sein Buch, denn er hat es selbst geschrieben. Essays über Musik. Musik heißt für Konrad klassische Musik. Will man ihn in den Wahnsinn treiben, setzt man ihn Rock oder Pop aus. Auch die jeweiligen Katzen, die in unserem Haus das Sagen haben, ziehen klassische Musik jeder anderen vor. Denn wir leben, ob auf zwei oder vier Pfoten, auf hohem Niveau.

Dann betrachtete ich das Bild zum Spruch. Es zeigte ein Bücherregal. Hinter einer Buchreihe blickte ein Katzenkopf hervor, rabenschwarz mit kugelrunden Augen. Er gehörte einer jungen Katze, einem Katzenkind.

Ich setzte die Brille auf und versuchte die Buchtitel zu entziffern. Vier dicke hohe Bände Nietzsche. Daneben drei dünne Nietzsche, zwei kleine dicke Nietzsche, ein gewaltiger, sehr beleibter Kommentar zu Nietzsche. Und nur einen Nicht-Nietzsche: Leopold von Sacher-Masoch: ›Venus im Pelz‹.

»Vermutlich hat er seiner Katze draus vorgelesen«, sagte Konrad. »Ich lese Schlumpel ja auch ganze Passagen aus meinen Essays vor, wobei sie immer sehr klug guckt. Und sie guckt sehr klug, weil das, was ich ihr vorlese, auch sehr klug ist.«

»Ich glaub nicht, daß Herr Sacher-Masoch seiner Katze, die da hinter den Büchern hervorguckt, aus diesem Buch vorgelesen hat«, sagte ich. »Wegen des Jugendschutzgesetzes. Die kleine Schwarze ist bestimmt unter vierzehn.«

»Aber das Buch handelt doch von einer Katze. Einer Venus im Pelz. Steht vorne drauf.«

»Ich hab's gelesen«, sagte ich. »Mit vierzehn. Heimlich und unter Umgehung des Jugendschutzgesetzes. Mein Vater hatte es hinter der ›Ilias‹ versteckt. Die im Titel genannte Venus ist alles andere als eine Katze. Sie ist ein Vamp, der splitternackt unter seinem sündhaft teuren Pelzmantel herumzulaufen und die Männer scharenweise zu verführen pflegt. Ich könnte dir weitere Einzelheiten –«

Konrad kratzte sich hinterm Ohr und sagte: »Ach du meine Güte!«

»Warum kratzt du dich? Warum achdumeinegütest du?«

»Ich hab das Buch einer sehr würdigen feinen alten Dame geliehen, die etwas über Katzen lesen wollte und die es nicht mögen wird, daß diese Venus splitterfasernackt scharenweise Männer verführt.«

»Sie wird dich für einen Lustmolch halten, lieber Konrad, und überall herumerzählen, was du ihr da zu lesen gegeben hast. Ich kann mich mit dir nicht mehr blicken lassen. Ich werde dich tagsüber verstecken, und wenn wir ausgehen, klebst du dir einen Bart an und verstellst die Stimme.«

»Oje!« sagte Konrad und seufzte.

»Ist was?« fragte Schlumpel, meine feinspürige, soeben vom Garten her aufs Fensterbrett gesprungene Katze und drehte den Kopf von einem zum anderen.

»Dieser Konrad hier« – ich deutete mit spitzem Finger auf ihn – »hat seinen guten Ruf ruiniert, weil er einer alten Dame ein unsittliches Buch geliehen hat.«

»Konrad grinst«, sagte Schlumpel. »Paß auf!«

Sie kennt ihren Konrad.

»Warum grinsest du, Liebster?« fragte ich.

»Weil mir soeben eingefallen ist, daß ich das Buch ja in deinem Bücherschrank gefunden habe und daß dein Name vorne drinsteht«, sagte Konrad fröhlich. »Die feinsinnige alte Dame wird was von dir denken. Bei der bist du untendurch. Und mit so was bin ich nun – ich muß dich also bitten, wenn wir mal ausgehen, eine Perücke aufzusetzen und die Stimme zu verstellen. Ich hab schließlich einen guten Ruf zu verlieren.« Er wandte sich Schlumpel zu: »Wie wär's mit ein bißchen Musik? Ein Konzert für Laute, sechzehntes Jahrhundert, ausgesprochen beruhigend. Hinterher *Lachshäppchen an feiner Soße.*«

Doch Schlumpel – was man im Bauch hat, frißt einem keiner mehr weg – verlangte zuerst die feinen Lachshäppchen und gleich hinterher zum Nachtisch noch Katzentaps. Die besonders stinkende Sorte, die Konrad ihr mitgebracht hatte.

Mir hatte er nur sich mitgebracht.

Während die beiden auf dem Sessel, den Konrad mit gutem Recht, er hat ihn ja für teures Geld gekauft, für seinen Musiksessel hält, Schlumpel jedoch, mit besserem Recht, für ihren Fläzsessel, denn als Katze gebührt ihr natürlich das bequemste Plätzchen im Hause –, während die beiden also mit geschlossenen Augen der leisen Laute lauschten oder, wie Schlumpel, nur vorgaben zu lauschen, vermutlich war sie längst untergegangen, vertiefte ich mich in Nietzsche und fand bei ihm den schönen Satz: *Das Beste aber ist und bleibt: viel schlafen, eigentlich und uneigentlich!* …

»Konrad«, flüsterte ich, »du, der du alles oder fast alles weißt, wie schläft man *eigentlich?* Wie *uneigentlich?* Ich bitte um Erklärung.«

Konrad warf mir – mit geschlossenen Augen – einen mißbilligenden Blick zu – so was bringt nur er fertig – und zischte etwas, das klang wie: er wolle, zum Donnerwetter, seine Ruhe haben. Weshalb ich ihm seine Ruhe gab und mich wieder Herrn Nietzsche zuwandte: *Das Kunststück der Lebensweisheit ist, den Schlaf jeder Art zur rechten Zeit einzuschieben wissen.*

Ich bin ganz sicher, er hatte, als er den Satz schrieb, nicht den berühmten Übermenschen im Sinn, sondern eine Katze. Eine Überkatze. Denn die Katze ist, und nicht nur, was das Schlafen angeht, dem Menschen allemal über.

Vogelgrippe

Quengel nicht so!«

Schlumpel, meine freiheitsliebende Katze, kratzte an der Tür und wollte hinaus.

»Das geht nicht«, sagte ich. »Wirklich nicht.«

»Ich geh aber doch«, sagte Schlumpel.

»Nein. Ich darf dich nicht rauslassen.«

»Aber draußen rennt Seppi rum und wartet auf mich. Und der Graue. Und der Gestreifte. Und der Kleine von hüben und die Schwarze von drüben. Wir haben was ganz Wichtiges vor.«

»Niemand rennt draußen herum, Schlumpel.«

»Wieso? Sind die alle hin?«

»Nein. Aber sie dürfen auch nicht raus. Wegen der Vogelgrippe.«

»Ich bin kein Vogel«, sagte Schlumpel. »Seppi ist auch kein Vogel, und die anderen sind erst recht keine. Du spinnst.«

»O nein. Die Vogelgrippe fällt über die Vögel her und –«

»Ich bin eine Katze«, sagte Schlumpel. »Über mich fällt keiner her. Laß mich raus.«

»Alle Katzen haben Hausarrest. Weil Katzen Vögel fressen. Und wenn eine Katz einen Vogel frißt, der die Grippe hat, wird sie krank.«

Schlumpel versprach, keinen einzigen Vogel auch nur anzusehen, anzufassen oder gar aufzufressen, und wenn doch, in diesem Fall hinterher Kamillentee zu trinken.

»Nix Kamillentee«, sagte ich. »Wenn du krank wirst – es ist furchtbar, aber wir müssen dich – wegen der Ansteckung –«

Schlumpel fuhr zurück. »Abmurksen?«

»Natürlich nicht selber, das brächte ich nie übers Herz, auch Konrad würde sich lieber die Hand abhacken als – der Tierarzt müßte dir eine Spritze geben und dann –« Ich wischte mir die Augen.

»Wär ich hin«, sagte Schlumpel erschüttert.

Ich nickte, ebenfalls erschüttert. Zweimal nickte ich, einmal auch für Konrad mit. »Aber wir würden dir ein sehr gemütliches kleines Grab – wo möchtest du lieber? Unterm Holunder oder zwischen den Rosen?«

Schlumpel wollte weder noch, sie wollte hinaus. Und sie kam auch hinaus.

Im Büro im Rathaus, wo ich Abfallsäcke erstand, weil Abfallsäcke billiger sind als die

Leerung der Mülleimer durch die Müllabfuhr, was die auf der Gemeinde aber noch nicht gemerkt haben, saß ein gleichzeitig freundlich und verschüchtert blickender Mann, der mich fragte, ob ich eine Katze hätte. Das heißt, er sagte es nicht, er nuschelte es.

»Und was für eine, Herr Isele«, sagte ich, »wie Sie genau wissen, meine Schlumpel hat ja erst vor ein paar Tagen Ihrem Waldi eine gefetzt.«

Er setzte sich kerzengerade hin. Natürlich wisse er es, aber er spreche hier nicht als einer meiner Nachbarn, sondern als Amtsperson, sozusagen im Auftrag des Bundesgesundheitsministeriums, und dann nuschelte er noch etwas, das ich aber nicht verstand.

»Noch mal, bitte!« bat ich, und der amtlich-bundesgesundheitsministerliche Mensch und obere Nachbar wiederholte den Satz und erklärte, jeder verantwortungsbewußte Katzenhalter und jede ebenso verantwortungsbewußte Katzenhalterin in Oberweschnegg – »Entschuldigung«, sagte er und schlug sich auf den Mund, »ich mein's natürlich umgekehrt, Ladies first« – jede Katzenhalterin und jeder Katzenhalter sei gehalten, damit seine oder ihre Katze oder ihr oder sein Kater schon gar nicht auf die Idee käme, sich an einem armen unschuldigen Dackel, er meine natürlich, sich an einem Vogel zu vergreifen, oder an einer Vogelin, jede Halterin oder jeder Halter einer Katze oder eines Katers sei also gehalten, und zwar nachhaltig – ihrer – oder ihrem – also dem Viech die Krallen zu schneiden.

Er wischte sich über die Stirn, verständlich, nach einer solchen rhetorischen Leistung.

Das müsse er mir erst mal vormachen, sagte ich und erkundigte mich, ob er schon mal einer Katze oder einem Kater im Vollbesitz ihrer oder seiner Kräfte seine oder ihre Krallen geschnitten habe.

Das zwar nicht, nuschelte er, aber man müsse der Katze oder dem Kater ja nur die Krallen im Schlaf schneiden, was jedem Katzenhalter und jeder Katzenhalterin ein leichtes sein werde.

»Wissen Sie was? Ich nehm meine Schlumpel untern Arm, komm mal schnell bei Ihnen vorbei und guck zu, wie Sie meiner Katze – es handelt sich, wie ihr Dackel wohl weiß, um eine recht wehrhafte Katze in der Blüte ihrer Jahre – im Schlaf, in den Sie sie aber erst singen müssen, denn von Spritzen hält sie wenig, auch von Spritzengebern und Spritzengeberinnen, die Krallen schneiden. In der sicheren Gewißheit, daß nicht meine Katze, sondern daß Sie, guter Mann, mit von dieser meiner Katze geschnittenen Krallen – aber ohne vorher von ihr in den Schlaf gesungen worden zu sein, aus der ganzen Sache hervorgehen werden. Sie wollen noch etwas sagen?«

Er hob abwehrend die Hand und hatte einen dringenden Termin. Vielmehr sein Dackel. Beim Tierarzt. Die Fäden, mit denen der das Dackelohr zusammengeflickt hatte, mußten gezogen werden.

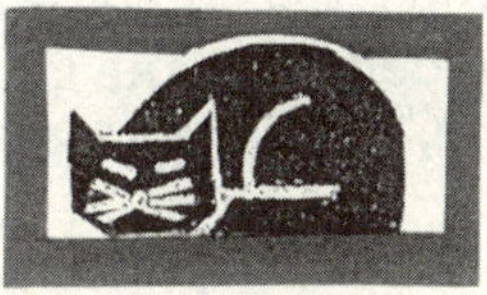

Blaue Stunde

Ich sitze gern in der Blauen Stunde zwischen Ende des Nachmittags und Beginn des Abends am Fenster, ohne etwas zu denken oder zu tun, und sehe hinaus in den Garten. Die Nachbarn machen dann schon Licht, aber ich schau dem Abend zu, wie er durch den Garten schlendert und Bäume, Sträucher und Büsche so sachte in Dämmerung hüllt, daß man's gar nicht merkt. Und auf einmal ist es dunkel.

Auch meine manchmal durchaus besinnliche Katze liebt diese Blaue Stunde. Schlumpel lag auf der kleinen Treppe, die von der Terrasse in den Garten hinunterführt, und ruhte in sich. Dort unten saß ein Mann auf dem großen Stein unterm Goldregenbaum, der sie schon längere Zeit unverwandt beobachtete. Der Mann hatte eine hohe Stirn, und seine Haare schimmerten grünlich. Dann sagte er ein paar Worte, sehr leise, aber ich hörte sie trotzdem:

»*Versonnen nehmen sie die Haltung der großen Sphinxe ein, die ausgestreckt in tiefen Ein-*

samkeiten ruhn und zu entschlummern scheinen in endlosem Traum ...«

»Das haben Sie wunderbar ausgedrückt, Monsieur Baudelaire«, sagte ich, »Sie haben halt den Blick dafür und die Worte, unsereinem würde so was nie einfallen.«

Schlumpel sah das auch so. Sie wird gern bedichtet, ich habe ihr schon so manche auf sie gemünzte Stelle aus so manchem dichterischen Werk vorgelesen.

»Haben Sie noch was auf Lager, Monsieur?« fragte ich. »Meine Katze lechzt geradezu nach solch kostbaren Sätzen. Von uns hört sie eher Prosa.«

»Mais oui«, sagte der Poet erfreut, betrachtete Schlumpel mit schiefgelegtem Kopf, machte die Augen zu, dann sagte er ebenso leise wie zuvor: *»So seh ich mit Erstaunen das Feuer ihrer bleichen Augensterne – Leuchtzeichen, lebende Opale –, die mich anschaun unverwandt.«*

»Wenn der die Augen zumacht«, flüsterte Schlumpel mir zu, »sieht er aber nix.«

»Er guckt mit seinen inneren Augen«, flüsterte ich zurück. »Wie die meisten besseren Dichter.«

»Mehr Wörter!« forderte Schlumpel gierig. »Die streicheln einen so schön.«

Monsieur Baudelaire ließ sich nicht lange bitten. Heute war er gut drauf, seine Muse auch: *»Komm, meine schöne Katze, an mein verliebtes Herz!«*

Schlumpel schmolz dahin. Sie erhob sich, streckte sich und ging auf ihn zu, nicht zu schnell, damit er nicht meine, sie folge ihm; es sollte aussehen, als käme sie aus freien Stücken. Der Dichter bückte sich, nahm sie auf den Arm: *»Zieh nur die Krallen deiner Tatze ein und laß mich tief in deine schönen Augen tauchen, in deren Glanz Metall sich und Achat vermischen.«*

So stand er da, meine Schlumpel drückte den Kopf an seine Halsgrube, himmelte ihn an, und ich hörte ihr verzücktes Schnurren. Vielleicht war es auch der Dichter, der schnurrte.

Der Abend legte ihm die Hand auf die Schulter, und Monsieur Charles Baudelaire, Liebhaber von Katzen und Bedichter ihrer wilden und sanften Schönheit, verdämmerte im tiefer werdenden Blau der Stunde zwischen Tag und Traum …

Will ich in mein Gärtlein gehn …

Konrad räkelte sich im Liegestuhl und sah mir wohlwollend beim Werkeln zu. In der Stadt hat er nämlich keinen Garten, nur einen Blumenkasten auf dem Fensterbrett in der Küche, mit Petersilie, Schnittlauch und Pfefferminze. Alle drei mickern vor sich hin, haben Läuse, und weiße Fliegen tummeln sich auf ihnen. Meine haben keine Läuse, weil die Schnecken sie gefressen haben – die Kräuter, nicht die Läuse –, weshalb ich meine Kräuter in großen blauen Kübeln auf dem Balkon halte, wo kein Schneck drankommt.

Soviel zu Kräutern, Schnecken und Läusen.

»Gartenarbeit ist schön, was?« sagte Konrad.

»Ja«, sagte ich, »sehr schön. Elender Schurke!«

Konrad sah mich so entgeistert an, daß ich ihm erklärte, nicht er sei gemeint, sondern der Gartenschlauch. Den pflege ich jeden Abend ordentlich aufgerollt über den Wasserhahn zu hängen oder auf den Boden zu legen, aber wenn ich am nächsten Tag spritzen will, kann ich nicht spritzen, weil der Kerl sich nachts so in sich selbst verwickelt hat, daß ich ihn erst mal entwirren muß.

»Ich weiß nicht«, sagte ich zu Konrad, »wie der das macht, und weshalb. Er muß um sich rum und unter sich hindurch kriechen, dann schlingt er mehrere Knoten in sich, Doppelknoten wie ein alter Seemann und solche, gegen die die Aufdröselung des Gordischen Knotens ein Kinderspiel wäre, und dann sabbert er auch noch, obwohl ich den Hahn fest zugedreht hab. Der Kerl hat einen fiesen Charakter. Ich glaube, er haßt mich.«

Konrad lächelte milde, wie jedesmal, wenn so was passiert, und ersparte mir – so klug ist er immerhin – seinen männlichen Kommentar.

Schlumpel liebt die Gartenarbeit auch sehr, aber nicht, wie Konrad, vom Liegestuhl aus, sondern sie greift wacker mit an. So auch heute.

»Zuerst«, sagte ich, »mulchen wir den Salat. Mit Stroh.«

»Du spinnst!« sagte Konrad und schüttelte den klugen Kopf.

Ich erklärte, ich spönne nicht. Stroh sei, wie ich in dem klugen Buch ›Garten ohne Arbeit‹ gelesen hätte, das ideale Mulchmateriel. Seit sie Strohmulch verwende, schreibe die Autorin, sei sie praktisch arbeitslos, faulenze stundenlang im Liegestuhl und sehe den Nachbarn bei der Gartenarbeit zu. Ich schleppte den gelben Sack, in dem ich das mühsam gehäckselte Stroh aufbewahrt hatte, ins Salatbeet, legte um jeden Setzling reichlich Streu, und Schlumpel wälzte sich darin und auf den Setzlingen. Dann wässerte ich sie – die Setzlinge, nicht Schlumpel –, sprach den im Buch erwähnten Segen: »Nun wachset und mehret euch!« und schritt, Schlumpel immer hinter mir her, zur nächsten Tat.

Die bestand im Aufbinden der Himbeerranken, was ich jedes Jahr im Herbst tue, wenn ich es nicht vergesse oder das plötzlich über uns hereinbrechende Winterwetter mich daran hindert. Ehrlich gesagt, noch nie hab ich es geschafft, meine Himbeeren rechtzeitig – aber im Frühjahr geht's ja auch noch, ein paar haben den Winterstürmen immer standgehalten. Ich geniere mich nur vor Herrn Bastian, der seine Himbeerranken immer schon im Frühherbst vorbildlich an schnurgerade gezogene Drähte bindet, die an soliden Pfählen befestigt sind. Meine hängen, wie sie wollen, und ich nehme auch immer rote oder blaue Schnur, weil die himbeergerechte Schnur, die ich nehmen müßte, unverschämt teuer ist. Die Schnurschnipsel, die ich hinunterwarf, fing Schlumpel im Flug und verbuddelte sie.

»Sind das Himbeeren oW oder mW?« fragte Konrad vom Liegestuhl aus, und ich sagte: »Selbstverständlich oW«; mW bedeutet »mit Wurm«, oW »ohne Wurm«, denn Konrad hat große Angst vor kleinen Würmlein und dreht jede Himbeere dreimal um, bevor er sie in den Mund steckt.

»Bring mir bitte die Schere, die liegt unter deinem Liegestuhl«, sagte ich.

Konrad knurrte etwas, das wie »Ruhebedürfnis« klang, aber er erhob sich trotzdem und brachte mir die Ersatzschere, denn die andere hatte sich wieder mal davongemacht. Die Fluktuation meiner Scheren ist groß. Oft finde ich im folgenden Jahr die eine oder andere wieder, begrüße sie herzlich, entroste und schärfe sie und verliere sie erneut.

Als Konrad sich wieder hinlegen wollte, hatte Schlumpel seinen Platz schon besetzt, rollte sich hin und her und sagte freundlich, wie der Igel zum Hasen: »Ich bin schon da!« Und weil Konrad aus Erfahrung weiß, daß er bei einem Streit mit meiner Katze um den Liegestuhl oder »seinen« Musiksessel immer den kürzeren zieht, beschloß er, endlich das Vogelhäuschen abzuhängen und gleich sauberzumachen. Das nun erweckte Schlumpels Interesse so sehr, daß sie ihm beim Reinigen des Vogelhäuschens Gesellschaft leistete und mit den Federchen spielte, die drinlagen. Schließlich zog sie selbst in das Vogelhäuschen, und Konrad machte sich wieder im Liegestuhl breit und wollte wissen, was ich jetzt zu tun gedächte.

»Was meinst du?« fragte ich meine Katze, und Schlumpel sagte: »Klettern. Ich geh schon mal vor.« Sie sprang aus dem Häuschen, raste los, den Hang hinunter auf unsere Wiese und ohne anzuhalten weiter den Birkenstamm hinauf. Schon saß sie auf dem dritten Ast von unten.

»Mach's nach!« sagte Konrad, und ich sagte: »Nach Ihnen, mein Herr!« Aber Konrads Bandscheiben erlaubten ihm heute nicht, es Schlumpel gleichzutun, in drei Tagen vielleicht, oder nächste Woche, mal sehen.

Schlumpel jedoch war schon wieder herunten, hockte nun vor einem Loch, das ich sofort als Nicht-Mauseloch erkannte; es handelte sich eindeutig um ein Maulwurfloch in einem schönen kegelartigen Maulwurfshaufen. Ich schätze diese Haufen sehr. Ich holte den Schubkarren, schaufelte die Erde von mindestens fünf Maulwurfshügeln hinein und füllte damit die Löcher im Rasen auf, von denen ich nie weiß, wer sie gemacht hat. Diese sozusagen schon vorbehandelte Erde ist schön krümelig und fein.

Konrad erbot sich, den Bewohner des nun

abgetragenen Hügels zu vertreiben, natürlich ohne Blutvergießen, es gebe da kleine Apparate, die Piepstöne aussenden, welche dem Maulwurf so auf die Nerven gehen, daß er freiwillig auszieht.

Aber das lehnte ich – im eigenen Interesse – ab; wer liefert mir dann die schöne Erde? Schlumpel indessen steckte tief im Loch, nur der Hintern war noch sichtbar. Ich zog sie heraus. »Riecht toll!« sagte sie, »aber die Kerle schmecken nicht, ich muß mal«, und begab sich wieder zu den Salatsetzlingen. »Macht Spaß, im Stroh zu scharren«, sagte sie und verscharrte, was sie hinterlassen hatte. Dann blickte sie kühn um sich.

Ich füllte nun das leere Vogelbad mit frischem Wasser, was Schlumpel mit Wohlgefallen sah, denn –

»Es schmeckt viel besser als das Wasser in meinem Schüsselchen«, sagte sie, »aber erst später.«

Es dauert nämlich mindestens eine Woche, bis das Wasser im Vogelbad diesen bestimmten Geschmack bekommen hat, den meine Katze schätzt.

»Schön muffelig«, sagte sie, »da müssen Blätter drin rumfaulen, und Erde muß drin sein und noch ein bißchen Dreck und ein ersoffener Wurm oder Käfer.«

»Bist halt eine Schmuddelkatz«, sagte ich und streichelte über ihren Rücken, kraulte sie am Hals und sagte zu Konrad: »Sie hat einen. Du bist dran. Am Hals.«

Konrad zog fachmännisch den Zeck aus Schlumpels Pelz, sie hielt auch schön still, obwohl er ziemlich viele Haare mit rausriß.

»Tapfere Katze!« lobte Konrad, und zu sich sagte er: »Wieder mal gut gemacht, großer Zeckenschreck!«

Heulende Kommata

Ohne Ohrengestreichel läuft bei meiner schmuseboldigen Katze nichts. Wenn ich mit Heini, dem Computer, schreibe, lasse ich immer wieder die rechte Hand herunterhängen, denn unten neben dem Schreibtisch steht ihr Körbchen, und da liegt sie drin. Besonders eindrucksvoll sind ihre Ohren, wenn die Sonne hindurchscheint und sie zum Leuchten bringt. Und sie mögen es, wenn man sie alle naslang streichelt. Vergesse ich es mal eine naslang, stupft Schlumpel mich mit dem Kopf an. Wie jetzt.

»Ich hab dich doch gerade erst gestreichelt.«

»Aber nicht richtig«, sagte Schlumpel vorwurfsvoll. »Du hast dabei an was anderes gedacht.«

»Woher willst du das wissen?«

»Von meinen Ohren. Das spüren die. Weil es sehr feinspürige Ohren sind.«

»So? Woran denn?«

»Wenn man beim Streicheln an was anderes denkt als an das, was man streichelt, merkt das, was man gerade streichelt, daß der Streichler an was anderes denkt. Und dann wird das Gestreichelte sehr traurig. Und ganz kalt. Pfoten, Bauch, Buckel, Ohren, was man so hat an streichelbaren Sachen.«

»Ich werd's mir merken«, versprach ich. »Nächstes Mal streichle ich richtig. Ich hab halt an die Geschichte gedacht, die ich gerade schreibe.«

»Du nicht. Heini schreibt.«

»Stimmt. Aber da Heini kein bißchen Phantasie besitzt, sag ich ihm, was er schreiben soll.«

»Neulich hast du gesagt, Heini schreibt keine Geschichten mehr«, sagte Schlumpel. »Weil du das Zeug satt hast.«

»Was kümmert mich mein blödes Geschwätz von neulich. Aber Heini schreibt die Geschichten nur zu meiner eigenen Erbauung. Kein Mensch wird sie jemals hören oder lesen.«

»Und Konrad?«

»Der schon. Einer muß ja schauen, daß jedes Komma an der richtigen Stelle sitzt.«

»Wo hocken die denn am liebsten?«

»Mal hier, mal da und mal dort. So ein Komma ist eigen. Wie« – ich tippte an ihre Nase – »wie eine Katze. Am liebsten sitzen sie zwischendrin.«

»Zwischen was?« fragte Schlumpel.

»Zwischen den Wörtern.«

»Ich sitz auch am liebsten mal hier und mal da und mal dort«, sagte Schlumpel. »Aber zwischendrin sitz ich nie. Schon gar nicht zwischen ein paar Wörtern.«

»Du bist auch kein Komma, sondern eine Katze«, sagte ich und tippte drei Sätze.

»Streichelst du die auch, die Komma, wo zwischen den Wörtern sitzen?« fragte Schlumpel.

»Ein Komma läßt sich nicht gut streicheln, es ist nicht so schön rund wie du. Und es ist ja auch gar nicht zum Streicheln da, sondern um einen Satz ordentlich einzuteilen.«

»Was macht ein Komma, wenn es falsch in der Gegend sitzt?«

»Es fühlt sich ausgesprochen unwohl.«

»Heult es dann?«

»Manchmal schon.«

»Wie heult es denn?«

»Überaus zu Herzen gehend.«

»Heul mal!«

»Ich kann nur wie ein Mensch heulen, nicht wie ein falsch in der Gegend sitzendes Komma.«

»Was tust du, wenn das Komma heult, wie nur ein Komma heulen und zu Herzen gehen kann?«

»Ich setze es schleunigst dahin, wo es hingehört.«

»Wozu brauchst du dann Konrad?«

»Weil ich das Komma manchmal leider nicht so deutlich heulen höre. Und wenn, weiß ich nicht immer genau, wohin damit.«

»Und Konrad hört das heulerische Komma? Obwohl er im Stehen pinkelt?«

»Konrad«, sagte ich, »hat, was heulende Kommata angeht, das absolute Gehör. Außerdem gibt es keinen wissenschaftlichen Beweis dafür, daß es Leuten, die im Stehen zu pinkeln pflegen, an Sprachgefühl fehlen müsse.« Ich schrieb – das heißt, Heini schrieb – fünf weitere Sätze.

»Vielleicht hörst du nix, weil deine Ohren nicht besonders gut gestreichelt worden sind«, vermutete Schlumpel.

»Schon möglich. Ich werd's Konrad sagen, daß er sich beim Streicheln meiner Ohren mehr anstrengen muß.« Ein weiterer ausgezeichneter Satz machte sich auf dem Bildschirm breit.

»Sitzt das Komma jetzt richtig?« fragte Schlumpel.

»In diesem Satz sitzt keins. Er ist so kurz, daß ein Komma nur stören würde.«

»Dann schreib doch nur kurze Sätze«, sagte Schlumpel. »Für die brauchst du kein Komma, und du hast mehr Zeit für meine Ohren.«

»Nur kurze Sätze schreiben«, sagte ich, »ist

unter meinem literarischen Niveau. Ich bin durchaus imstand, einen oder sogar mehrere Nebensätze in einen Hauptsatz einzufügen. Was man dann einen Schachtelsatz nennt.«

Schlumpel machte Gluhaugen. »Einen Schachtelsitz. Schachteln sind nämlich da zum Sichreinsetzen. Ich will auch in so eine Satzschachtel.«

»Na schön.« Ich tippte mit Heinis Hilfe den folgenden Satz und las ihn ihr vor: *Schlumpel, meine wunderschöne Schmuddelkatz, die furchtbar gern mal in einen Schachtelsatz hineinwill, um sich darin zu versteckeln und, wenn er vorbeigeht, Konrad auf das schrecklichste zu erschreckeln, wogegen ich, an Konrad hängend wie Schlumpel an ihrem Schwanz, sehr bin, auch, weil dieser Konrad als ungemein zartbesaiteter Mensch und Mann, erschreckelt man ihn, sofort Bauchweh kriegt, was zur Folge hat, daß ich ihm Kamillentee kochen muß –, diese Schlumpel hat einen äußerst hinterlistigen Charakter.*

»Wo bin ich in der Schachtel?« fragte Schlumpel. »Zeig mich mir mal!«

Ich deutete auf *Schlumpel* und auf *wunderschöne Schmuddelkatz* sowie auf *hinterlistigen Charakter.* »Außerdem mag Konrad es, wenn ich ihn bitte, ein falsch in der Gegend sitzendes Komma an seinen richtigen Platz zu setzen.

Weil er dann das Gefühl hat, er kann's besser als ich. Und dieses Gefühl ist für Konrad sehr angenehm.«

»Weil Konrad irgendwie auch ein Kater ist, was?« sagte Schlumpel verständnisvoll.

»So ist es«, sagte ich.

»Jetzt streicheln!« sagte Schlumpel und streckte mir den Kopf hin.

Ich streichelte ihre Ohren, und zwar, wie man streicheln soll: ohne dabei an was anderes zu denken. Damit sie schön warm werden.

»Und jetzt gehen wir ein bißchen lustig wandeln«, sagte Schlumpel, und so gingen wir hinunter auf die Wiese von Öhlers, in die Herr Öhler mit der Sense einen kurvenreichen Trampelpfad gemäht hatte, und wandelten lustig – oder lustwandelten – zwischen Margeriten und Glockenblumen. Und Schlumpel, meine jagdlüsterne Katze, kauerte sich zusammen, ruckelte sich zurecht und sprang die Schmetterlinge an, aber die lachten sie aus.

Freizeit, sinnvoll

Zuerst putzte ich das Silberbesteck. Ordnete dann, der Farbe nach, die Garnrollen im Nähkästchen. Räumte die Wäschekommode auf, in der Unterhosen und Socken aneinandergeraten waren. Die Schubladen im Küchenschrank legte ich mit rotkariertem Schrankpapier aus, bündelte die Zeitungen und schaffte sie in den Keller, in der Erkenntnis, ich würde die rot angestrichenen, sehr wichtigen und deshalb unbedingt zu lesenden Feuilletonartikel ja doch nicht lesen. Denn wie bisher konnte es nicht weitergehen, alles türmte sich auf, gammelte vor sich hin. Komisch, ein Chaos entsteht immer von selbst, man braucht nichts dazuzutun, aber Ordnung schaffen zehrt an den Kräften. Doch es mußte sein, ich sah's ja ein.

Nach der Pflicht kommt die Kür. Genug geschafft. Freizeit. Ich saß auf dem Balkon mit dem stolzen Gefühl, die Forderungen der letzten hundert Tage endlich erfüllt zu haben. Wenigstens ansatzweise. Betrachtete die Wolken, wie sie gelassen dahinzogen, und Friede überkam mich. Nach einiger Zeit entdeckte ich eine dunkle Wolke, und kurz darauf eine weitere. Und auf einmal fiel mir ein, daß der moderne Mensch ja nicht dazu da ist, nach getaner Arbeit die Hände faul in den Schoß zu legen und seine Freizeit zu genießen, das war einmal, nein, er muß im Schweiße seines Angesichts auch noch seine Freizeit gestalten. Und zwar sinnvoll. Alle verlangen das. »Bleiben Sie dran!« schleudern einem die Fernsehleute mit drohend ausgestrecktem Finger entgegen, um zu verhindern, daß man die Glotze ausmacht und friedlich vor sich hin fault.

Meine Ruh war hin, mein Herz wurde mir schwer, das Donnerwort »sinnvoll« drückte mich zu Boden.

Dann kam jemand, wie gewohnt, ganz schwindelfrei auf dem Balkongeländer daherspaziert und setzte anmutig eine Pfote vor die andere.

»Schlumpel«, sagte ich, »hast du schon mal über deine Freizeit nachgedacht?«

Sie verharrte. »Was ist Frei-Zeit?«

»So nennt man die Zeit, in der man tun kann, was man will, in der man nicht schaffen, nicht in die Pfoten spucken, in der man kein Geld verdienen muß für seinen Lebensunterhalt.«

»Ich unterhalt mich ja«, sagte Schlumpel. »Mit dir.« Und sprang elegant auf den Boden.

»Aber deine Freizeit –«

»Ich als Katze«, sagte meine Katze, »hab immer Freizeit. Weil ich immer tu, was ich will.«

»Aber«, sagte ich ernst, »gestaltest du deine Freizeit denn auch sinnvoll? Hast du dich das schon mal gefragt?«

»Kenn ich nicht, das Wort. Gib mal her!«

Ich warf ihr das Wort »sinnvoll« zu.

Sie beschnüffelte es. »Riecht nicht gut. So schwitzig.« Tippte es an, rollte es hin und her. »Zu schwer.« Warf es in die Luft. »Fliegt nicht, fällt gleich wieder runter.« Sie schob es mir zu. »Kannst du behalten. Hast du nix da, was kullert oder fliegt?«

Auf der Fensterbank stand ein schmales Röhrchen. Der kleine Lukas hatte es vor einer Woche dort vergessen. Ich schraubte den Verschluß auf. Es war noch halb voll. In der Flüssigkeit, die es enthielt, steckte ein weiteres, dünneres Röhrchen.

»Ich hab was«, sagte ich, »Augen zu!«

Schlumpel kniff die Augen in Erwartung wohlriechender, nicht bäbbiger, nicht allzulang haltender, leichter, womöglich sogar fliegender und also hoffentlich nicht allzu sinnvoller Dinge fest zu.

»Augen auf!«

Kam ein Vogel geflogen.

Schlumpels Augen wurden immer größer, der Hals immer länger.

Ein komischer Vogel, ungeflügelt, kugelrund und durchsichtig wie Glas.

Schlumpel berührte mit der Schnauze den Kugelvogel.

Der kriegte einen Schreck und war weg.

Schlumpel sah sich um, sah über sich und unter sich und hinter sich, aber vergeblich. Kein Fitzelchen mehr übrig.

Kam der nächste geflogen.

Diesmal streckte Schlumpel die Pfote aus und stupste den Kugelvogel vorsichtig an. Was dem nicht gefiel, weshalb auch er verschwand. Ganz plötzlich. Wie in Luft aufgelöst.

Und schon kam der dritte geflogen, der vierte, es wurden immer mehr, ein ganzer Schwarm flog auf Schlumpel zu, winzige Kugeln, die hingen aneinander wie Trauben. Sie schwebten um meine Katze herum, über sie hinweg, trieben an ihr vorbei; Schlumpel drehte sich nach ihnen um, wich ihnen aus, versuchte, sie auf der Nase zu balancieren, mit der Pfote zu fischen, dann machten sie ganz leise »peng« und zerplatzten. Doch das war nicht schlimm, es kamen immer neue, ganze Scharen, Geschwader, Wolken, und jede einzelne

Kugel war vollkommen rund und vollkommen schön, wie der Mond, wie eine Katze, und in jeder von ihnen hockte eine Katze, Schlumpel war umschwebt, um nicht zu sagen umschwoben von vielen kleinen Schlumpeln, winzig, glänzend, schillernd und schimmernd in allen Farben, rot und grün und gelb und blau, eine wunderschöne Schlumpelfamilie, und mittendrin meine Schlumpel, die nicht zerplatzte, als ich sie streichelte, die nicht »peng« machte, die hin- und hertänzelte und wie eine Taube gurrte. Und so ging das Spiel weiter, immer weiter, und auf einmal war sie satt und hatte genug, sprang auf meinen Schoß, rollte sich darin zusammen.

Ich legte das Seifenblasenröhrchen aus der Hand und die Hand auf Schlumpels warmen runden weichen Rücken.

»Das war heut mal wieder mein allerschönster Lebenstag«, sagte meine immer freizeithabende und daher diese kostbare Zeit nicht sinnvoll gestalten müssende Katze, dann ging sie ganz schnell unter, aber ihr Schnurren nicht, das hörte ich noch eine Weile. Und ich war erfüllt von dem wirklich großartigen, sehr befriedigenden Gefühl, meine Freizeit mal so richtig sinnlos nicht gestaltet zu haben.

Ergötzliches

»Er hat sich ergötzt«, sagte Schlumpel.

»Wer hat sich ergötzt?«

»Konrad.« Sie lag auf ihrem zweiten Lieblingsplatz, dem Lautsprecher im linken Wohnzimmereck. Der andere steht rechts, und wenn Konrad Musik hören will, schiebt er den Sessel genau an die Stelle, an der die Schallwellen, die von den Lautsprechern ausgehen, zusammentreffen, was den Musikgenuß erheblich steigert.

»Aber bestimmt nicht daran, daß du dich schon wieder da oben herumfläzest«, sagte ich. »Seine Lautsprecher sind Konrads heilige Kühe. Ich setz mich nie da drauf.«

Schlumpel machte einen langen Hals. »Was tust du gerade?«

»Ich such mir im Programmheft die Sendungen heraus, die unser dummer August mir zeigen soll. Viele gibt's nicht. Die meisten sind mir zu blutig.«

»Wie Konrad«, sagte Schlumpel. Ihre Mundwinkel zeigten, so schien es mir, noch mehr nach oben als sonst.

»Konrad ist keineswegs blutgierig«, protestierte ich. »Konrad sieht am liebsten ›Reisewege zur Kunst‹ oder ›Bilder einer Landschaft‹. Da kann er sich immer so schön ärgern, wenn die Ansager die italienischen und französischen Namen falsch aussprechen, was sie eifrig und andauernd tun.«

»Ich mein seinen Daumen«, sagte Schlumpel. »Der blutet auch ganz andauernd und eifrig.«

»Hat er dir eine Büchse aufgemacht? Der Dosenöffner ist auch nicht mehr, was er einmal war.«

»Nix Dose«, sagte Schlumpel. »Er hat sich ergötzt. Drum ist sein Daumen jetzt blutig.«

»Aber sich ergötzen heißt an etwas Spaß haben. Sich vergnügen. Woran hat Konrad sich denn ergötzt? Sein blutiger Daumen kann es wohl nicht gewesen sein.«

Schlumpel deutete mit der Pfote auf sich.

»An dir? Wie denn?«

»Er hat mir den Bauch gekrabbelt, und ich hab ihm eine gefetzt«, sagte Schlumpel vergnügt. »Dann war sein Daumen ganz rot, und er hat ihn abgeschleckt.«

Das fand nun ich ergötzlich, aber Konrad? Der ist kein bißchen masochistisch veranlagt. »Konrad«, sagte ich, »ist ungemein sensibel, der nimmt dir das bestimmt übel. Warum hast du ihn denn massakriert?«

»An meinen Bauch laß ich nicht jeden ran, der sich ergötzen will«, sagte Schlumpel. »Läßt du vielleicht jeden an dich ran? Und dann hat er gesagt, er weiß was nicht.«

»Warum du ihm eine gefetzt hast?«

»Er hat es vorher gesagt. Er weiß nicht, ob er mir was vertreibt.«

»Die Flöhe?« fragte ich taktvoll.

»Vielleicht vertreib auch ich sie ihm, hat er dann gesagt. Da ist er sich nicht sicher.«

»Konrad hat aber keine Flöhe. Bisher wenigstens nicht. Das hätt ich gemerkt. Und wenn er jetzt welche hat, dann von dir.«

Schlumpel verdrehte die Augen. »Nix Flöhe. Die Zeit. Du bist wirklich blöd.«

»Ich bin keineswegs blöd. Aber bei diesem Kuddelmuddel blick ich nicht durch. Wann hat Konrad das gesagt mit dem Ergötzen und daß er keine Ahnung hat, wer die Flöhe – ich mein, wer wem die Zeit vertrieben hat?«

»Vorhin. Auf meinem Sessel, wo er oft Musik hört. Er hat in ein Buch geguckt. Und dann hat er zu mir geguckt. Und dann hat er es gesagt. Und dann hat er sich ergötzt. Mit meinem Bauch. Und dann hab ich ihm eine gefetzt. Mit meiner Pfote.« Sie hob die linke Pfote und schleckte sich zwischen den Zehen. »Der hat vielleicht gejault!«

»Glaub ich gern«, sagte ich, »Konrad hat

wenig Heldenhaftes an sich. Er ist eher eine vergeistigte Natur. Aber Prügel verdient er trotzdem nicht.«

Auf dem Tischchen neben dem Musiksessel lag noch aufgeschlagen das Buch, in dem Konrad gelesen hatte, vor seiner schmerzhaften Ergötzung. Ich nahm es in die Hand. Er hatte einen Satz angestrichen: *Wenn ich mich mit einer Katze ergötze, wer will sagen, ob ich ihr die Zeit vertreibe oder sie mir?* Den unteren Rand zierte ein Blutfleck.

»Schlumpel«, sagte ich, »endlich versteh ich. Ein großartiger Satz.«

»Von Konrad?« sagte Schlumpel mißtrauisch.

»Konrad hat ihn zwar gesagt, aber er ist nicht auf Konrads Mist gewachsen.«

»Auf einem anderen Misthaufen?«

»Ja. Auf dem Mist von Monsieur Montaigne.«

»Wer ist das?«

»Ein sehr gescheiter Mann. Franzose. Großer Bewunderer von Katzen. Sechzehntes Jahrhundert.«

»Gescheiter als Konrad?«

»Schon möglich. Aber sag's ihm nicht.«

»Dem gescheiten Mann auf dem Mist?«

»Nein, Konrad.«

»Warum nicht?«

»Sonst zweifelt Konrad an sich, bläst Trübsinn, und wir müssen ihn mit Samtpfoten anfassen.«

»In seinem Bett ist eine prima Schlafkuhle«, sagte Schlumpel. »Saumäßig bequem.«

»Woher weißt du das?«

Schlumpel gähnte mir ins Gesicht und ging ganz schnell unter.

»Mein Bett muß frisch überzogen werden«, sagte Konrad. »Da sind so dunkle Tappser drin.«

»Man wäscht sich die Füße, bevor man sich bettet. Du bist schwer verletzt?« fragte ich voll – ich geb's zu, falschem – Mitgefühl.

Er klebte gerade ein neues Pflaster auf seinen lädierten Daumen. »Und wie! In diesem Hause geht man nicht sehr liebenswürdig mit mir um.«

»Das kommt davon, wenn man sich ergötzt, ohne vorher zu fragen, ob es genehm sei«, sagte ich.

»Meinst du, sie hat ihm auch eine runtergehauen?« fragte Konrad.

»Wer? Wem?«

»Diese Katze. Montaigne.«

»Glaub ich nicht. Sonst hätt er diesen wirklich sehr schönen und sehr richtigen Satz bestimmt nicht geschrieben.«

»Mit meinem Herzblut!« sagte Konrad düster. »Wo ich's doch so gut gemeint hab und ihr was Nettes sagen wollte.«

»Nix Herzblut. Es war bloß der Daumen.«

»Sie ist und bleibt ein Luder.«

»Nix Luder«, sagte ich. »Sie ist und bleibt eine Schlumpel. Meine Schlumpel. Na ja, ein bißchen auch deine.«

»Aber heut nicht«, sagte Konrad und hielt anklagend den Daumen hoch.

Gästevergraulung

Um acht kommen sie«, sagte ich.

Schlumpel, die auf Konrads musikalischem Sessel lag und den Schwanz zierlich herunterhängen ließ, hob den Kopf. »Wer kommt?«

»Lieber Besuch.«

»Muß das sein?«

»Nein, das muß nicht sein.«

Sie guckte zufrieden. »Wir sagen, wir sind nicht da. Dann hauen sie wieder ab. Und wir machen uns einen gemütlichen Abend. Konrad darf auf meinen Sessel, ich setz mich auf Konrad, der hört Musik und krabbelt mich hinter den Ohren, und dann geh ich ein bißchen unter.« Sie legte den Kopf erneut auf die lang ausgestreckten Pfoten.

»Ich meine, es muß nicht sein, sie kommen freiwillig. Und ich hab sie freiwillig eingeladen.«

»Ich nicht«, sagte Schlumpel mit sanfter Widerborstigkeit und sich heftig hin- und herbewegender Schwanzspitze.

»Nun sei doch nicht so grantig. Das sind alles nette Menschen. Sie kommen von auswärts, und ich hab sie schon länger nicht mehr gesehen.«

»Ich mag keine netten Menschen.«

»Warum nicht?«

»Die glotzen mich an. Streicheln mich gegen den Strich. Hocken auf meinem Sofa. Auf meinen Kissen. Vielleicht gehen sie auch auf mein Klo. Fressen aus meinen Schüsselchen. *Forellenhäppchen sehr fein.* Und ich guck in den Mond.«

Ich beruhigte sie. »Meine Gäste gehen auf mein Klo, weil sie, wie Konrad und ich, mit ihren mickrigen Hinterpfoten nicht scharren können, sie essen aus meinen Schüsselchen, und deine Forellenhäppchen frißt dir bestimmt keiner weg.«

»Was fressen sie dann?«

»Auberginenauflauf provenzalisch.«

»Das sieht denen ähnlich«, sagte Schlumpel verächtlich und malte weiter an dem ausgesprochen düsteren Bild von meinen Gästen. »Wirst schon sehen. Die quasseln die ganze Zeit. Und alle durcheinander. Und ganz laut. Halten kein bißchen die Schnauze. Rauchen. Dann stinkt's. Geben keine Ruh. Ich will meine Ruh haben!«

»Ich auch, aber nicht heut abend. Die sind alle sehr gespannt auf dich.«

Schlumpel sprang vom Sessel und marschierte auf Holzschuhen, die sie immer anzieht, wenn der Haussegen schiefhängt, zur Tür.

Die Gäste standen um das Körbchen herum, in dem Schlumpel lag, sehr dekorativ anzusehen mit ihrem prächtigen Löwenpelz, den eingeknickten Pfoten. Sie schleckte sich die rosa Schnauze, ließ sich den Hof machen und verführte ihre Bewunderer zu Bekundungen wie »entzückend«, »ungewöhnlich«, »apart«, »ungewöhnlich apart«, und einer sagte, das sei eine »Frau im besten Alter«, er würde sie am liebsten auf der Stelle heiraten, und erkundigte sich, ob sie kochen könne. Ein Gast hatte ihr sogar was mitgebracht. *Kaninchenhäppchen an Gelee.* Nach einem Blick auf die Dose rollte Schlumpel sich zusammen und ging demonstrativ unter.

»Konrad«, sagte einer, »singt ja ihr Lob in den höchsten Tönen, was wir nie, nie, nie von ihm gedacht hätten, nach dem, was er früher von dieser deiner Katze so erzählt hat.«

»Konrad«, sagte ich, ihn – also Konrad – anlächelnd, »gehört zu den Männern, die imstand sind, auch in fortgeschrittenem Lebensalter dazuzulernen und sich sinneszuwandeln, was einer der Gründe dafür ist, daß ich ziemlich an ihm hänge. Solche Männer kann man an den Fingern seiner Hand abzählen.«

Nach der Bewunderung gab's Essen. Aus meinen Schüsselchen. Auberginenauflauf provenzalisch mit viel Knoblauch. Dann saßen wir gemütlich beisammen und führten geistvolle und gepflegte Gespräche, wie gebildete Menschen das gern tun, wenn sie den Bauch voll haben.

Wir sprachen über die letzte Quizsendung ›Wer wird Millionär?‹ und stellten fest, daß die Leute – nicht wir, die anderen – immer dümmer werden, weil sie nicht mal wissen, daß Schufterle ein Schillerscher Räuber ist und kein CDU-Politiker, und Ringelnatz keine Schlangenart, wie eine Studentin der Germanistik vorschlug, daß Gustav Schwab die ›Sagen des Klassischen Altertums‹ geschrieben hat und nicht Christoph Schlingensief. Während wir das alles wissen, weil wir klug und weise sind und noch aus der Vor-Pisa-Zeit stammen.

Schlumpel belauerte uns mit spitzen Ohren und, wie mir schien, Tücke im Blick. Mir schwante Schlimmes.

Dann hauten wir die letzten Neuerscheinungen auf dem Buchmarkt in die Pfanne, und Joachim sagte wehmütig, heute dichte halt keiner mehr wie Rilke, und Konrad sagte, keiner schreibe mehr so elegant wie Lernet-Holenia. Joachim trank einen Kirsch, aber nur einen ganz kleinen, auf Rilke, dann trank Paul einen

Espresso, auf sich, und sagte, laß doch den Rilke, Alter, und Sibylle – sie legt Wert darauf, Sibyl genannt zu werden, weil das weltläufiger klingt, was ich aber ignoriere, ich sage trotzdem immer Sibylle zu ihr –, Sibylle also teilte uns mit, daß sie in Paris eine vier Stunden lange Oper von Messiaen gesehen hätten, ganz großartig, vermutlich sogar erschütternd, und nie mehr tue sie sich so was an, Klaus-Peter solle auch mal was sagen, worauf Klaus-Peter verstört aufwachte und nicht wußte, was gerade dran war. Dann sagte Hubert, alles sei sowieso Schiet, Anne erklärte, nein, nicht Schiet, alles sei bloß ein *fake,* sie ist nämlich sprachlich so global eingestellt, daß sie sich immer entschuldigt, wenn ihr aus Versehen mal ein deutsches Wort über die Lippen kommt, und Konrad erklärte uns den Konjunktiv zwei, den außer dem auf dem Olymp weilenden Thomas Mann und ihm keiner mehr in deutschen Landen beherrsche. Dann sprang Schlumpel, aus der Tiefe des Raumes kommend, Anne auf den Schoß, Anne schrie ziemlich unmelodisch auf, weil sie nicht nur keine ohne Voranmeldung auf ihren Schoß springenden Katzen mag, sondern, wie sie jetzt zugab, überhaupt keine Katzen, und ich warf Schlumpel hinaus, die noch schnell aus Versehen einen ganz langen Faden aus Annes sehr engem Strickkleid zog. Ich entschuldigte mich bei Anne und versuchte, den Faden mit einer Nadel von hinten wieder einzuziehen, was aber mißlang. Weshalb ich zum Trost der ganzen Gästeschaft einen wirklich köstlichen Nachtisch servierte, Kokoseis mit Maracujasahne, den Schlumpel dadurch anreicherte, daß sie zum geöffneten Fenster wieder hereinsprang und die Maus, die sie bestimmt zu diesem Zweck unterm Fliederbaum versteckt hatte, vor Sibylles Füße warf, was Sibylle nicht so mochte, aber Klaus-Peter zu einem Lachanfall bewegte, weswegen Hubert ihm auf den Rücken klopfen mußte, bevor er die Maus am Schwanz packte und in hohem Bogen zur Balkontür hinauswarf.

Unterdessen hatte Schlumpel sich auf Joachims Bein niedergelassen und die zierlichen Krallen hineingeschlagen, was Joachim aber nicht störte, denn dieses Bein war sein Holzbein, das er, wie wir alle wissen, dem Führer verdankt. Sein echtes, selbstverständlich sozialdemokratisches Bein habe er in Rußland lassen müssen. Dann stellte Anne fest, soeben habe ein Floh sie angesprungen, zeigte uns allen einen roten Fleck an der rechten – nein, der linken – Wade und erklärte, den habe sie aber nicht mitgebracht, das sei nicht ihre Art, wo sie doch gerade frisch promoviert sei. Hubert nieste siebenmal hintereinander und sagte, das komme bestimmt von der Katz, tu bloß das Viech hinaus! Dann nahm Schlumpel königlich auf dem Kissen Platz, auf dem Sibylle gerade noch gesessen hatte, und Sibylle sagte, da setze sie sich jetzt nicht mehr drauf, weshalb Schlumpel brav heruntersprang und die Nuß, was weiß ich, wo sie die auf einmal herhatte, hin- und herrollte, so lange, bis Anne auf die Nuß trat und auf dem Hintern saß, und Joachim zog es mit Macht nach Hause, er wollte noch an einem Vortrag über Schickele feilen, den er zwei Tage zuvor hätte wegschicken sollen. Hubert und Anne mußten auch dringend heim, ausschlafen, weil sie am nächsten Tag vielleicht eine anstrengende Wanderung um den Schluchsee machen würden, wo sie doch sonst nie anstrengend irgendwo herumwandern und eigentlich immer nur faul herumhokken.

Dann waren alle weg. Konrad füllte Wilhelms, des Geschirrspülers Bauch mit dem schmutzigen Geschirr, und ich saß erschöpft im Schaukelstuhl. Schlumpel sprang auf meinen Schoß und fing an zu schnurren.

»Die kommen so schnell nicht wieder«, sagte ich.

»Jetzt ist Ruh!« sagte Schlumpel zufrieden.

»Du bist keine Katze«, sagte ich, »du bist ein Rabenaas und ein Saubär, was du von deinem lieben seligen Großvater hast. Wo das doch alles nette Menschen sind.«

»Ich mag aber keine netten Menschen.«

»Und ich?« fragte ich.

»Und ich?« brüllte Konrad aus der Küche.

»Ihr seid keine netten Menschen«, sagte Schlumpel lieb, »und euch hab ich im Griff.« Sie rieb triumphierend den runden Kopf an meiner Hand. »Hab ich prima hingekriegt. Sehr schön, dieser Abend. Wann kommen die nächsten?«

Von unbügelbaren Katzen, sanftmütigen Kopfkissen und aus dem Leib gefragten Seelen

Meine Katze ist eine große Denkerin. Ihre pfiffigen Schlumpelgedanken lieben es jedoch – anders als die Gedanken hundsgewöhnlicher großer Denker –, wie Geißböcke herumzuhüpfen, so schnell, daß ich hinterdreinhecheln muß.

»Was ist das?« fragte sie, auf dem Fensterbrett liegend, einem ihrer Beobachtungsposten.

»Ein Bügeleisen, damit bügle ich.«

»Es raucht«, stellte Schlumpel fest.

»Es raucht nicht, es dampft. Das tut es, weil ich Wasser hineingefüllt hab.«

»Hat es Durst?«

»Das heiße Bügeleisen macht aus dem Wasser Dampf, und der kommt aus den Löchern hier wieder raus. Mit Dampf kann man besser bügeln.«

»Warum bügelst du denn?«

»Weil meine Bluse zerknittert ist. Und zerknitterte Sachen sehen nicht gut aus.«

»Ich seh immer gut aus«, verkündete Schlumpel. »Ich bin immer schön glatt.«

»Drum brauch ich dich auch nicht zu bügeln.«

»Bin ich froh, daß ich keine Knitterkatz bin, sondern eine Schmuddelkatz und kein Mensch, wo immer in gebügeltem Zeugs rumrennen muß.« Sie fing mit der unvermeidlichen Schlekkerei an, der fünfundzwanzigsten an diesem Tag. »Und ich brauch keinen Dampf zu machen, wenn ich mich schleck. Ich nehm Spucke. Versuch's doch mal!«

»Da bräuchte ich eine Menge Spucke«, sagte ich, »soviel krieg ich nicht zusammen.«

Sie hielt inne mit dem Schlecken und starrte mich an.

»Warum guckst du so? Ist was?«

»Dein Fell oben auf dem Kopf ist ja grau.«

»Ein Mensch hat kein Fell. Ein Mensch hat Haare. Die paar grauen fallen kaum auf.«

»Warum hast du –?«

»Das Grau kommt vom Älterwerden. Vom Weiserwerden.«

»Nix weiß«, sagte meine Katze. »Grau.«

»Weiserwerden hat nichts mit einer Farbe zu tun«, belehrte ich sie, »es bedeutet soviel wie ›gescheit werden‹. Und man schreibt es mit s.«

Das war Schlumpel egal. »Wird man gescheit, wenn man älter wird?«

»Und wie!«

»Ich nicht«, sagte Schlumpel. »Ich bin ja schon gescheit. Ich brauch kein graues Fell zu kriegen für die Gescheitheit.«

»Katzen haben immer das gleiche Fell. Weiß. Oder schwarz, wie dein lieber Großvater. Oder rot, wie du.«

Schlumpel überkreuzte anmutig ihre Pfoten. »Konrad hat oben viel weniger Fell als du. Weil es erschüttert ist.«

»Nicht erschüttert, schütter. Das ist nun mal so bei Männern. Umgekehrt wär's mir nicht recht.«

»Armer Konrad!« sagte Schlumpel. Es sollte mitleidig klingen, aber der süffisante Unterton war unüberhörbar.

»Wieso arm?«

»Weil er dumm bleibt. Er kann ja nur graue gescheite Haare kriegen, wenn er oben auf dem Kopf ein Fell hat. Wie du. Hat er aber fast nicht. Weil er halt nur ein Menschenkater ist. Konrad bleibt dumm.«

»Ich werd's ihm sagen. Der wird gucken.«

»Wie?« fragte Schlumpel.

»Dumm.«

»Sag ich ja«, sagte Schlumpel. »Was machst du jetzt?«

»Ich drehe an diesem Knopf und stelle das Bügeleisen auf ›Leinen‹. Weil die Hose, die ich gerade bügle, eine Leinenhose ist. Und die mag's nicht so heiß.«

»Weil sie dann schwitzt?«

»Sie kriegt braune Flecken, was auch nicht gut aussieht.«

»Und bei Konrad«, fragte Schlumpel, »wo stellst du da dein Bügeldings drauf?«

»Ich müßte auf ›Männer‹ stellen. Aber Konrad wird nicht gebügelt.«

»Er hat aber Falten. Oben im Gesicht. Und am Hals hängt eine. Und am Bauch auch. Ich hab mal vom Fensterbrett aus in die Wanne geguckt, wo er drin gebadet hat.«

»Schlumpel! Du weißt doch genau, daß Konrad es nicht schätzt, wenn man seine Intimsphäre nicht respektiert. Als du ihm mal beim Pinkeln zugesehen hast, konnte er das seelisch fast nicht verkraften.«

»Weißt du, was er in der Badewanne macht?« fragte Schlumpel ungerührt.

»Nein«, sagte ich, »aber ich bin auf alles gefaßt.«

»Er hat mit dem großen Zeh den Wasserhahn auf- und zugedreht. Und er hat gejuhut. Ganz laut. Und er hat ein grünes rundes Ding auf den Bauch gelegt, und dann ist das Ding immer kleiner geworden und das Wasser immer grüner. Und es hat kleine Strudel gemacht.«

»Konrad liebt es nun mal, sein Badewasser mit Kneipp-Badetabletten einzufärben.«

»Aber seine Falten –«

»Die Konradfalten dürfen bleiben.«

»Warum dürfen seine bleiben und die in deiner Hose nicht?«

»Man kann nicht jede Falte wegbügeln. Bei Hosen geht das, bei Konrads nicht. Konrad und meine Hose sind zwei Paar Stiefel. Ich mein, Falten.«

»Was machst du jetzt?«

»Ich lege die Unterhosen auf die Unterhosen, die Handtücher auf die Handtücher, die Socken zu den Socken, die Kopfkissenbezüge zu den Kopfkissenbezügen, die –«

»Warum?« fragte Schlumpel.

»Weil sich das so gehört. Dann findet man, was man sucht, schneller.«

»Mögen die das, die Unterhosen und Socken und Kissenkopfzüge?«

»Und wie! Die jammern leise vor sich hin, wenn sie nicht beieinander oder aufeinander liegen.«

»Aber wenn sie verkracht sind?«

»Sind sie nicht. Ich trage nur friedliebende Socken und Unterhosen und schlafe nur auf sanftmütigen Kopfkissen.«

»Hat Konrad auch friedliche Socken und sanfte Unterhosen?«

»Frag ihn selber! Nächste Woche kommt er.«

»So schöne Socken wie ich hat er aber nicht.«

»Wie meinst du das?«

»Ein Sock länger, einer kürzer.«

»Konrad legt starken Wert auf gleich lange Socken. Er ist der Meinung, das gehöre sich so und sehe außerdem besser aus.«

»Find ich langweilig. Was machst du jetzt?«

»Ich geh ins Wasser.«

»Warum?«

»Weil mir in der Badewanne niemand die Seele aus dem Leib fragt.«

»Ich komm mit«, sagte Schlumpel, »und guck zu. Machst du auch grünes Wasser?«

»Nein«, sagte ich, »blaues. Das wirkt beruhigend auf zerrüttete Nerven.«

»Wo ist die Seele, wenn sie nicht mehr in dir drin ist, weil jemand sie rausgefragt hat aus deinem Leib?«

Ich klappte das Bügelbrett zusammen und stellte es in die Ecke.

»Kann man eine Seele bügeln?«

In diesem Augenblick klingelte es an der Haustür, und ein barmherziger Mensch wollte wissen, ob ich eine Leiter brauche, schwindel- und rostfrei, aus bestem Leichtmetall, zum Ausziehen bis fünf Meter. Um weiteren inquisitorischen Fragen meiner Katze zu entgehen, begann ich eine ausführliche Diskussion über Leitern im allgemeinen und im speziellen, die damit endete, daß ich eine zwar unnötige, aber sehr gut, geradezu glanzvoll aussehende Leiter erstand.

Die steht nun dumm rum.

Draußen vor der Tür

Vor der Tür ist einer«, sagte Konrad. »Sieht aus wie aus dem Dreck gezogen. Er guckt. Irgendwie hungrig. Melancholisch.«

»Mockel guckt immer so«, sagte ich, »weil er immer Hunger hat. So was macht melancholisch.« Ich füllte ein Schüsselchen halb mit Wasser, halb mit Sahne, was Mockel mag, ein zweites mit Büchsenfleisch. Auf dem Trinkschüsselchen steht *Für liebe Gäste,* auf dem Freßschüsselchen *War's fein?* Ich öffnete die Küchentür.

»Hockt da wie sein eigenes Standbild«, sagte Konrad. »Schön ist er ja nicht.«

Nein, Mockel sieht nie schön aus. Mockel sieht ständig aus wie verhauen, was wörtlich zu verstehen ist. Mockels Fell ist struppig und verfilzt, obwohl er gelegentlich einen Putzversuch unternimmt. Seine Ohren sind unvollständig, über die Nase zieht sich meist ein Kratzer, die Augen sind verklebt und sein Fell schuppig. Ich stellte die Schüsselchen vor ihn hin. Mockel starrte mich an. Ich schloß die

Tür, und wir sahen durch die Verglasung, wie er einmal um das Schüsselchen herumging und dann langsam und umständlich einen Happen nach dem andern nahm. Schlumpel hockte auf der Weide und verfolgte jede von Mockels Bewegungen.

»Den hast du mir verschwiegen«, sagte Konrad.

»Ich muß dir ja nicht alles auf die Nase binden.«

»Warum fängt er keine Maus?«

»Er erwischt keine. Mockel ist ein alter, müder Kater. Wie du.«

»Ich muß doch bitten«, sagte Konrad empört. »Ich bin ein Kater – ein Mann in den besten Jahren. Ich krieg jede Maus. Der haut aber rein! Das geht ins Geld.«

»In meins, nicht in deins.«

»Wem gehört er denn?«

»Niemandem. Er streunt so herum.«

Mockel hob den Kopf und starrte Konrad an. Die Milch tropfte von seinem Bart. Er sah nicht besonders intelligent aus.

»Aber er ist doch nicht vom Himmel gefallen.«

»Nein. Aus einem Auto. Vermutlich. Wem seine Katze lästig wird, der fährt hierher aufs Land, schmeißt sie aus dem Auto, und dann nichts wie weg. Drum rennen hier oft solche

Mockels herum. Im Sommer kommen sie ja noch durch, aber den Winter überleben sie meist nicht.«

Konrad schwieg. Mockel schlabberte mit zugezwickten Augen andächtig seine Milch. Schlumpel balancierte auf dem Ast über ihm.

»Vernünftig ist das aber nicht«, sagte Konrad. »Wer so einen durchfüttert, der greift ein in die autonome Mechanik der Natur. Und die Natur hat immer recht.«

»Wer nichts zu fressen hat, der verhungert«, sagte ich.

»Dann gibt's einen weniger.« Konrad sagte es nicht böse. Einfach nur so. Und es stimmt ja auch.

Ich öffnete die Tür und hielt eine Rede an Mockel. »Hör zu, mein Alter«, sagte ich, »das war heut das letzte Mal. Und das letzte Mahl. Tut mir leid. Ich würd dir ja gern weiter was geben, aber dann kommst du zu oft und frißt mich arm. Und warum eigentlich ausgerechnet mich? Bin ich die Hüterin eines herumstreunenden Katers? Sieh also bitte ein, daß das nicht mehr geht, daß ich ab heute der autonomen Mechanik der Natur ihren Lauf lasse. Daß Vernunft in deinem Fall das Vernünftigste ist. Ich rechne mit deinem Verständnis.«

Mockel hatte mich unverwandt angeschaut. Er war klepperdürr, wahrscheinlich hatte er

Würmer. Flöhe und Milben sowieso. Konrad räusperte sich, wie wenn er was sagen wollte, sagte aber nichts.

»Wenn du mich so anschaust wie Mockel gerade, füll ich dir auch dein Schüsselchen«, sagte ich. »Auf die Gefahr hin, daß du wiederkommst. Ich sollte auch in deinem Fall mehr Vernunft walten lassen.«

»Das ist was anderes«, sagte Konrad. »Wie lange kommt der schon?«

»Schon lange. Er frißt hier im Abonnement. Und bei der Frau in dem Haus dort drüben. Die weiß auch nicht, daß es vernünftiger wäre, der Natur ihren Lauf zu lassen.«

»Was sagt er denn?«

»Er redet nicht, er guckt nur, maunzt, faucht und zeigt die Zähne. Er hat nicht mehr viele.«

»Das ist der Dank!« sagte Konrad vorwurfsvoll in Richtung Mockel.

»Er hat Angst vor allen, denen er übern Weg läuft.«

»Aber er sitzt doch da vor deiner Tür.«

»Er weiß, ich tu ihm nichts. Ich darf ihn bloß nicht anfassen. Sonst haut er. Im Winter kommt er manchmal sogar in die Küche, sonst schneit es auf sein Futter, und die Milch gefriert. Aber er bleibt nicht. Obwohl er guckt, wie wenn er gern bliebe. Oft sitzt er in der Tür und krächzt ein Lied. Es klingt nicht lieblich.

Ein Lied voller Angst, Hunger, Schnee, Kälte, Mißtrauen. In dem Lied gibt es keine Hand, die ihn streichelt, keine Stimme, die ihn ruft, kein Körbchen. Es ist ein rauhes Lied, und es hat viele Strophen. Mockel, sag ich dann und geh in die Hocke, bleib da, kriegst ein Körbchen mit einem warmen Pullover drin. Aber er dreht sich um und stapft durch den Schnee, in dem er fast ersäuft, und ich schau ihm nach.«

»Im Gartenhäuschen«, sagte Konrad –

»Ich hab ein Körbchen hineingestellt, mit einer Decke drin, da schläft er manchmal, wenn die Schneefräse nicht drinsteht, vor der hat er Angst. Dann geht er hinüber zur Nachbarin, die hat eine alte Wanne mit Heu gefüllt, da liegt er warm. Manchmal sitzt er vor der Tür oder auf dem Balkon, die Pfoten nebeneinandergestellt, die Augen zu, er wackelt ein bißchen hin und her, wie im Schlaf, der Schnee fällt, Mockel hat eine weiße Mütze auf dem Kopf und schneit langsam zu.«

»Leer«, sagte Konrad. »Gib ihm noch was.«

Ich gab Mockel einen Nachschlag. »Aber das ist nicht vernünftig. Dann kommt er morgen wieder.«

Mockel schleckte seine Schüsselchen sorgfältig aus, wandte sich um und verschwand in Richtung Johannisbeerbüsche. Die hab ich mit Stroh gemulcht, dort liegt er wenigstens geschützt. Noch. Der Winter macht sich schon auf die Socken.

»Ich hab ja nichts dagegen«, sagte Konrad.

»Das wär mir auch egal«, sagte ich. »Er sitzt vor *meiner* Tür.«

»Hol sie der Teufel«, sagte Konrad.

»Wen?« fragte ich.

»Die Vernunft.«

Backe, backe, Kuchen

Bunt sind schon die Wälder«, sagte Konrad, »gelb die Stoppelfelder –«

»Und der Herbst beginnt. Aber deshalb brauchst du nicht so vorwurfsvoll zu gucken. Was, zum Donnerwetter, soll das, Schlumpel?«

Die saß auf dem Fensterbrett neben dem Fuchsienbäumchen, das ich aus der Sommerfrische schon mal ins Haus geholt hatte, und tatzelte genüßlich ein Blatt nach dem anderen herunter.

»Ich helf dem Herbst. Macht richtig Spaß.«

Mir machte es keinen. Dem Fuchsienbäumchen auch nicht besonders.

»Meine Mutter«, sagte Konrad, »hat im Herbst immer –«

»Ich bin auch nicht auf der faulen Haut gelegen«, sagte ich beleidigt. »Acht Gläser Zwetschgenmus hab ich eingemacht und fünfzehn Gläser Quittengelee, was sehr aufwendig ist. Alle unsere Freunde spitzen darauf, daß sie ein Glas abkriegen. Da haben sie sich aber geschnitten.«

Konrad seufzte entsagungsvoll. »Im Herbst hat meine Mutter immer Speckkuchen gebakken.«

»Meine Lauchkuchen. Der ist gesünder.«

»Lauch«, sagte Konrad kenntnisreich, »bläht.«

»Speck macht dick.«

Wir einigten uns auf eine abgespeckte Speckkuchenversion mit mehr Lauch, als Konrads Mutter verwendet hätte.

»Ich guck zu«, verkündete Schlumpel, meine gelüstige Katze, und schleckte sich schon mal vorfreudig die Schnauze.

»Wenn's beim Gucken bleibt«, sagte Konrad.

»Vielleicht fällt was runter. Von irgendwas muß man doch leben, als arme Katz. Friß du mal immer nur Büchsenfleisch!«

»Mürbteig«, sagte Konrad.

»Hefeteig«, sagte ich.

»Mit Sahne«, sagte meine arme Katz.

»Die kommt erst am Schluß obendrauf«, erklärte Konrad sachkundig. »Ganz unten ist der Teig. Schön dick.«

»Schön dünn«, sagte ich, und Schlumpel: »Die Obendraufsahne muß man erst probieren, ob die noch gut ist. Das tu ich.«

»Für Mürbteig«, sagte ich, »brauch ich viel Butter. Hab ich aber nicht, außerdem ist's schon sieben, da sind die Läden zu.« Ich machte einen Hefeteig. Wie meine Mutter. Daß noch zwei Stück Butter im Kühlschrank lagen, verschwieg ich.

Konrad guckte mißtrauisch. »Sieht aber dunkel aus. Meine Mutter hat –«

»Mit Weißmehl gebacken. Ich nehme gesundes, ballaststoffreiches Vollkornmehl.« Ich schlug ihm vor, den Mülleimer wegzubringen und dann im musikalischen Sessel etwas Musik zu hören.

»Wo ist die Sahne?« erkundigte sich Schlumpel.

»Im Kühlschrank. Und der ist zu.« Ich deckte den Teig mit einem Handtuch ab. »Jetzt muß er gehen.«

Dann schnitt ich – unter scharfer Beobachtung meiner Katze – drei Lauchstangen klitzeklein, dämpfte sie in etwas Butter –

»Butter«, sagte Schlumpel, »ist gut fürs Fell.«

»Aber nur ein Stückchen!«

Sie nahm es zierlich aus meiner Hand. »Und eins für den Schwanz.«

Auch der Schwanz bekam ein Stückchen.

»Und eins für jedes Ohr. Und eins für Seppi, eins für Pimsel – eins für Othello –«

»Für deren Schwänze und Ohren bin ich nicht zuständig.« Ich gab reichlich Pfeffer und Salz zum Lauch und ließ ihn abkühlen.

»Wo bleibt die Sahne«, fragte Schlumpel, »und der Speck?«

»Nur Geduld.« Ich raspelte Käse und vermischte ihn mit dem Lauch.

»Käse«, sagte Schlumpel, »ist gut für den Schnurrbart.«

Ich warf ihrem Schnurrbart ein paar Stückchen zu, die sie im Flug fing. Dann wollte Schlumpel mal nachsehen, ob der gegangene Teig wieder zurück war, und zog das Handtuch von der Schüssel. »Da liegt er. Sein Bauch ist ganz dick. Kriegt er Junge?«

»Da mach ich jetzt den Boden draus.« Ich walkte den Kloß noch einmal durch, dann mußte er aufs Backbrett, wurde mit dem Nudelholz bearbeitet, und als er schön glatt war, durfte er in die Form aus schwarzem Blech. »Das ist eine Springform«, erklärte ich, »die hat einen hohen Rand, damit der Teig nicht rausspringen kann, wenn's ihm zu heiß wird im Backofen. Da kommt er nicht drüber.«

Schlumpel ist eine Katze mit Köpfchen. »Dann ist das eine Nichtspringform«, sagte sie, womit sie im Grunde recht hatte. »Oder eine Springnichtform. Holst du jetzt endlich die Sahne?«

»Na?« Konrad streckte den Kopf zur Tür herein. »Wird's?«

»Nur, wenn jemand den Speck schneidet.«

»Da muß ein Mann ran, und dieser Mann bin ich.« Er setzte sich an den Küchentisch. »Also erst brauch ich eine Schürze, dann ein Brett und ein scharfes Messer sowie eine Schüssel für den kleingeschnittenen Speck – nein, nicht diese Schürze, ich mag keine Blümchen – und nicht das Messer mit dem Wellenschliff, mit dem hab ich mich mal – hat schrecklich weh getan – und halt mir ja das Untier dort vom Leib, die hat schon diesen gierigen Blick – hol mal ein Kissen, ich sitz zu tief und der Stuhl ist so hart – und rück die Lampe mehr her, ich seh ja nichts, wie kannst du überhaupt kochen bei diesem Schummerlicht.«

Schlumpels Pupillen wurden groß und rund. Sie machte sich dadurch nützlich, daß sie den Speck ausgiebig beroch und dann beschloß, ihn auf seine Verwendbarkeit zu überprüfen.

»Weg mit dir!« rief Konrad. »Das ist mein Speck!«

Schlumpel zog sich auf die Eckbank zurück und beobachtete jede von Konrads Bewegungen.

Und also schnitt Konrad Speck. Was nicht jeder in dieser Perfektion kann. »Man muß darauf achten«, belehrte er mich, »daß die Stückchen sehr klein sind und, das ist besonders wichtig, gleich groß. Wegen des ästhetischen Gesamteindrucks, weißt du, und sie werden so auch bruzzliger.«

Ich riet ihm, das Lineal zu nehmen und die Stückchen vorher abzumessen, um ganz sicher zu sein, daß keines aus der Reihe tanze.

»Meine Mutter schneidet Speck«, sang Konrad, »und der Schlumpelschwanz ist weg.«

Schlumpel fauchte ihn an und legte demonstrativ ihre Pfote auf den Schwanz.

»Kleiner Spaß von mir.« Konrad hielt ihr ein Stückchen Speck hin mit der Absicht – oh, wie ich ihn kannte! –, es ihr vor der Nase wieder wegzuziehen. Schlumpel war schneller, schlug ihm erst den Speck aus der Hand, dann zog sie ihm eins über die seine.

»Geschieht dir recht«, sagte ich. »Das ist die Quittung für den weggen Schwanz. Großes oder kleines Pflaster?«

Konrad leckte einen Blutstropfen, der von seiner Nase tropfte – nein, das klingt nicht gut – also er leckte einen Nasenblutstropfen – besser gesagt, das Blut vom Finger, mit dem er über seine Nase – den Blutstropfen, der auf seine Hand getropft war – jedenfalls leckte er. Ein paar Tropfen fielen auf das Speckbrett. Ich sah Parzival, den edlen Ritter, vor mir, wie er in meinem alten Sagenbuch auf seinem Pferd saß und in den Schnee starrte, in den ein paar Blutstropfen das Bild seiner geliebten Frau gemalt hatten. Das Bild hatte mich – da war ich zwölf – zu Tränen gerührt. Aber Konrad ist kein edler Ritter wie Parzival. Ich bin sicher, daß er mein liebes Bild nicht auf diesem Speckbrett sah. Nur sein kostbares Blut, und Blut ist ja ein ganz besondrer Saft. Vor allem Männerblut.

»Ich hätt's bestimmt nicht getan«, versicherte er Schlumpel, aber die würdigte ihn keines Blickes mehr und fraß den Speck.

Ich bat Konrad, die weitere Zubereitung des Lauchspeckkuchens Schlumpel und mir zu überlassen, sich zurückzuziehen und ein gutes Buch zu lesen. Was er auch tat mit der Bemerkung, er lese prinzipiell nur gute Bücher.

»Den haben wir los«, sagte Schlumpel zufrieden. »Guck mal, da glotzt ein Elefant zum Fenster rein!« Und fischte mit der Pfote noch eine Portion gleich groß und ebenmäßig geschnittener Speckstückchen aus der Schüssel. »Wo ist die Sahne?«

Ich holte sie, dazu drei Eier.

»Eins reicht«, sagte Schlumpel.

»Zwei sind besser«, sagte ich. »Drei am besten.«

»Ich mein, für mich. Aber nur das Gelbe innendrin. Einmal in der Woche braucht die Katz ein Ei, aber ohne das weiße Glibberzeug drumherum. Du kannst ja ein bißchen Sahne dazutun.«

Was ich auch tat. Das übriggebliebene Glibberzeug kam zu den drei Eiern, die ich für den Guß mit einem halben Becher Sahne verkleppperte. Schlumpel schleckte ihr Schüsselchen mit zugezwickten Augen so sauber aus, daß ich es nicht mehr spülen mußte.

»Was ich noch sagen wollte«, sagte Konrad, der, in der Hand das gute Buch, auf der Nase ein gutes Pflaster, schon wieder in der Tür stand –

»Sag's lieber nicht!« Ich gab Pfeffer und etwas Kräutersalz in die Sahne-Eiermasse.

Konrad schüttelte den Kopf. »Du kannst doch nicht dreieinhalb Eier für den Guß – meine Mutter hat immer zwei genommen. Drei sind zuviel, wegen des Cholesterins.«

Ich drückte ihm einen Löffel in die Hand. »Du kannst die gefährlichen eineinhalb Eier ja wieder herausfischen«, schlug ich vor, aber das war ihm doch zu mühsam.

»Die hat Eigelb am Schnurrbart«, sagte er mit anklagend ausgestrecktem Finger. »Natürlich hat sie geschleckt, als du mal nicht hingesehen hast. Ich kenn sie doch! Als Küchenhilfe ist dieses Tier charakterlich ungeeignet.«

»Schlumpel hat mit meiner Erlaubnis einen gelben Schnurrbart«, erklärte ich. »Ein Eigelb pro Woche ist ja wohl das mindeste, was man seiner Katze schuldig ist.«

»Er war heut nacht wieder am süßen Schrank«, sagte Schlumpel. »Wo du die Schokolade versteckelt hast.« Ihre Pfote deutete ebenfalls anklagend auf Konrad. »Der diebt!«

»Ruhe!« Ich goß den Guß, was bescheuert klingt – mir scheint, an diesem Tag war sprachlich der Wurm drin –, ich goß also den Guß über das Käse-Lauch-Gemisch, stellte den Kuchen auf den Backofenrost, zweite Rille von unten, und –

»Hundertsiebzig Grad!« rief Konrad. »Was tust du denn? Das ist viel zu wenig. So kriegt er nie eine schöne Speckknusperkruste. Die Knusperspeckkruste meiner Mutter –«

Speckkruste! Ich hatte den Speck vergessen. Also Kuchen raus, Speckwürfel darauf verteilen, und zwar harmonisch, wie Konrad verlangte, Kuchen zurück in den Backofen.

»Eine gute Köchin heizt den Backofen vor«, sagte Konrad milde. »Sonst kriegt der Kuchen einen Schock.«

»Halt den Mund! Als Küchenhilfe«, sagte ich zu Schlumpel, »ist der hier charakterlich ungeeignet.«

Schlumpel sah das auch so. Konrad zog sich wieder zurück, und dann mußte Schlumpel, weil ja auch nichts mehr zu probieren war, dringend hinaus, ihr Revier inspizieren.

Meine Katze drückte von außen die Nase am Fenster platt. Ich ließ sie herein. Sie schnupperte. Auch ihr Schwanz fand den Duft erfreulich und zeigte steil nach oben. Ich deckte den Tisch. So ein Kuchen will am liebsten in der Küche gegessen werden, auf der Eckbank, man trinkt dazu neuen Wein, wozu man bei uns »Suser« sagt und wovon Konrad Durchfall kriegt. Da stand er auch schon in der Tür und schnüffelte ebenfalls.

»Was macht deine arme Nase? Tut's noch weh?«

Konrad meinte, er müsse halt die Zähne zusammenbeißen und ich solle ihm den Kuchen in kleine Stücke schneiden, dann werde es wohl gehen.

»Kaust du mit der Nase?« fragte ich.

»Meine Nase«, erklärte Konrad, »ist ausgesprochen sensibel, sie spürt jede Kaubewegung. Drum werde ich sehr vorsichtig kauen müssen und den Mund nicht weit aufmachen.«

»Am besten läßt er ihn ganz zu«, sagte Schlumpel. Was Konrad gottlob entging.

»Aber du kannst noch selber kauen?« fragte ich voll Mitgefühl.

Er konnte. »Da ist viel weniger Speck drauf, als ich geschnitten hab. Das bekommt ihr nicht. Nachher spuckt sie. Sie frißt schon das nächste Stück!«

»Er das dritte«, sagte Schlumpel zwischen zwei Happen.

»Na?« fragte ich.

»Man kann's lassen«, sagte Konrad großzügig, »der Hunger zwingt's nei.« Konrad ist nämlich schwäbischer Abstammung, und der Schwabe in ihm geizt mit Lob.

Dann schleckte Schlumpel, als ich mal kurz wegguckte, noch die Pfanne sauber, in der ich den Speck angebraten hatte. Ihr ist halt nichts heilig.

Malefiz

Alle paar Wochen spielen wir *Malefiz.* Wir, das sind Paul und Paula, Konrad und ich. Paula heißt nicht Paula, sondern Ingrid, aber Paul nennt sie so, um ihrer beider Zusammengehörigkeit zu betonen. Paul ist Künstler und hockt in Boland, einem schöngelegenen Kaff, das aus drei Häusern besteht, er sagt aber nicht Künstler, sondern Bildner: Paul ist Bildner auf Boland. Das klingt! Außerdem: Künstler kann heutzutag jeder sein, aber ein Bildner fällt aus dem Rahmen, ich verkneife mir zu sagen, aus dem Bilderrahmen. Wir spielen *Malefiz,* weil man sich nicht immer geistvoll unterhalten mag. Und weil es Spaß macht, einander rauszuwerfen. Und weil Paul eine Menge blöder Sprüche auf Lager hat, die er dann losläßt, etwa *Das ist zum Mäusemelken* oder *Heißa, sprach Herr Sauerbrot, heißa, meine Frau ist tot,* wenn Konrad oder ich Paula an die Luft setzen. Auf Gewinnen ist er, das Spiel als solches genießend, nicht aus. Paula schon eher.

Als Paul zum zehnten Mal rausgeschmissen

worden war, hatte Paula keine Lust mehr weiterzuspielen, und wir beendeten die Schlacht. Auch, weil Schlumpel, keine Gäste ahnend, auf dem Balkongeländer in Richtung Tür daherbalanciert kam.

»Sie kommt meinetwegen«, sagte Konrad bescheiden. »Wir beide hören zum Tagesausklang nämlich gern noch ein bißchen Musik.«

Ich nahm Schlumpel auf den Arm, ganz vorsichtig, um sie nicht zu erschrecken, weil ich immer fürchte, sie falle das Geländer hinunter. Aber Schlumpel denkt nicht dran, hinunterzufallen, sie springt sogar aus dem Stand hinauf, auch wenn es naß ist und sie ausrutschen könnte. Schlumpel rutscht nie aus. Doch manchmal tut sie so, schwankt ein bißchen, damit ich gerannt komme, sie in den Arm nehme und rette. Das artet dann jedesmal in eine längere Schmuserei aus. Sie hat sich auch schon ein paarmal von Konrad retten lassen, ohne ihm eine zu schmieren, was ihn sehr stolz und glücklich machte. Männer wollen halt geliebt werden. Und ich sagte Paul und Paula natürlich nicht, daß sie womöglich eher auf die grausam stinkenden Katzentabs scharf ist als auf das Süßholzgeraspel, mit dem Konrad sie auf seinen Schoß lockt. Aber das mit der Musik stimmt. Am liebsten schläft sie bei den langsamen Mittelsätzen Mozartscher Klavierkonzerte, die der Meister extra für Schlumpel komponiert hat.

»Diese Katze«, sagte Paul, der als Künstler das Gesicht hinter dem Gesicht zu erkennen vermag, das Sein hinter dem Schein, das wahre Wesen der Dinge, »diese Katze hat so was. Seh ich doch gleich.«

»Was hat sie denn?« fragten Konrad und ich wie aus einem Mund. »Was siehst du denn?«

Paul verlangte nach Papier und Malzeug – ich hatte nur ein paar abgebrochene Wachsfarbenstifte und hellbraunes, etwas zerknittertes Packpapier –, versenkte sich zur Erfassung des Wesentlichen kurz in Schlumpel, die ihn von meinem Arm aus fixierte, vermutlich, um Pauls Wesentliches zu erfassen. Dann hatte er sie erfaßt, und der rote Stift legte los.

»Was macht der?« fragte Schlumpel mein Ohr.

»Er erfaßt deinen Charakter«, flüsterte ich ihr zu. »Sieht dein Innerstes. Dein Sein hinter deinem Schein.«

Stoffele, mein lieber, dahingegangener, vielmehr vom Dach gefallener Kater, hätte sich nun erfreut in Positur gesetzt – im Profil, den Schwanz schön um sich herumgelegt, so wirkte er stets besonders markant –, aber Schlumpel wollte überhaupt nicht, daß irgendwer sie erfaßte, ihr Inneres nach außen kehrte, sich ein

Bild von ihr machte. Da ist sie wie der liebe Gott. »Ich laß mich nicht von jedem begrabschen«, sagte sie, »und erst recht nicht innen hineingucken. Der kann mich mal.« Vermutlich erinnerte sie sich an den ersten Besuch bei der Tierärztin und daran, daß diese ihr unter den Schwanz geguckt hatte.

Sie sprang von meinem Arm und stolzierte hinaus. Rennen hätte Paul womöglich als Flucht angesehen.

»Zeig her!« Ich nahm Paul die Skizze aus der Hand. Ein paar auseinanderstrebende Linien, die sich zusammenballten zu etwas Rundem, dazwischen grünleuchtende Tupfen, weiße, schnurrbartdünne Striche, und das alles wirbelte durcheinander. Ich glaubte ein Ohr zu erkennen, aber dann verschwand das Ohr, ich sah für eine Sekunde einen Schwanz mit Kringel, der Kringel entkringelte sich, der Schwanz verpfotete, die Pfote naste, die Nase ergrünte, das Nasengrün wandelte sich zu einem kleinen dunklen Fleck, der Fleck schmolz, hinterließ konzentrische Kreise, die sich wieder zu einer runden Form verdichteten. Nichts blieb, wie es war, alles war in Bewegung, schien zu explodieren, dann fiel es wieder in sich zusammen: ein Knäuel, ein Feuerwerk, ein wildes, atemloses Spiel –

»Paul«, sagte ich voll Bewunderung, »das ist

sie. Schlumpel, wie sie leibt und lebt. Nicht festzuhalten. Sieht man dir gar nicht an, wie genial du bist.«

»Ich seh's schon«, sagte Paul. »Ich schenk's dir!«

Konrad versprach, Schlumpel zu rahmen. »Der frühe Kandinsky, obwohl er durchaus Interessantes zuwege brachte, vielmehr zu Papier, kann vor deinem Bild glatt einpacken.«

Dann tranken wir noch einen kleinen Kirsch auf den frühen Kandinsky, einen großen auf Paul, aber vor allem auf Schlumpel, und dann erstarrte Konrad, als Paul verkündete, sie müßten jetzt aber dringend heim. »Sonst scheißt uns Herr Ebner aus Protest in alle Ecken, und Frau Ebner pinkelt auf den Teppich.«

Ich bat Paul und Paula, Herrn und Frau Ebner trotzdem herzlich zu grüßen.

»Wußte nicht, daß die gerade Besuch haben«, sagte Konrad, als die beiden weg waren. »Wirklich, ein feiner Umgang! Und so was läßt du auch noch grüßen!«

Ich erklärte ihm, daß Herr und Frau Ebner nicht verheiratet seien, sondern aus einem Wurf und also verschwistert, dazu beide kohlrabenschwarz und, vor allem sie, ein unvergeßliches Erlebnis.

»Wenn Frau Ebner das Zimmer betritt, verstummen alle Gespräche, was sie natürlich beabsichtigt. Sie schreitet mit unnachahmlicher Anmut zu ihrem Sessel, der ihretwegen mit blauem Kordsamt überzogen ist, läßt sich darauf nieder und hält hof. Paul hat mal ein großartiges Bild von ihr gemacht: Nofretete, die Schöne in diesem Glaskasten in Berlin, mit Frau Ebners edlem Katzengesicht.«

»Und dann auf den Teppich pinkeln! So was hätte die wirkliche Nofretete nie getan! Schlumpel auch nicht.«

Am nächsten Tag besorgte Konrad einen schlichten, aber feinen Holzrahmen, und wir hängten Pauls Werk auf, gegenüber vom Musiksessel. Es hing, obwohl Konrad sich große Mühe gab, immer wieder schief. Und dann fiel es herunter.

Ich wußte, warum. »Eine Katze«, sagte ich, »kann man zwar zeichnen oder malen. Aber ihr innerstes Wesen nicht. Schlumpel paßt halt in keinen Rahmen, man kann sie nicht einsperren oder irgendwie festhalten. Sie ist eine freie, unergründbare Katze. Lassen wir sie ungerahmt.«

Vergebliche Geschichte

»Puterheini hat die Nase voll«, sagte Schlumpel. »Wenn er nicht ein bißchen verschnaufen darf, macht er bum und fällt um.« Sie warf einen gierigen Blick auf meinen roten Lieblingsbleistift.

»Woher weißt du das?«

»Ich hab ihn jammern hören. Du gehst solang in den Garten.« Sie rollte den Stift hin und her.

»Schluß mit der Rollerei, das irritiert mich.«

Schlumpel beförderte den Stift mit einem Pfotenhieb auf den Boden.

»Was soll ich im Garten?«

»Bäume rauf und runter klettern.«

»Nicht mehr in meinem Alter«, sagte ich.

»Dann kletter ich rauf und runter. Und du bewunderst mich. Dann spritzt du ein bißchen mit dem Gartenschlauch.«

»Gestern hat's geregnet.«

»Du spritzt den Seppi. Und Pimsel. Und Fritzle. Und Othello. Damit sie sich freuen. Und dann –«

»Da wird nix draus«, sagte ich. »Heini hat sich genug ausgeruht. Ich will schreiben.«

Meine Katze sah sich nach weiteren Störmöglichheiten um.

»Eine Woche lang bin ich mit leerem Kopf herumgehockt. Aber jetzt ist sie vorbei, die einfallslose, die schreckliche Zeit. Ich sprudle über von Ideen. Es wird eine ausgezeichnete Geschichte.«

Schlumpel drückte die Nase am Fenster platt. »Toll!«

»Ja, das hoff ich auch.«

»Toll, wer da vorbeirennt.«

»So? Wer denn?«

»Prinz. Er hebt das Bein. An dem blauen Auto.«

»Da wird es sich aber freuen.« Ich haute in die Tasten. »Es flutscht.«

»Guck mal, die Ente«, sagte Schlumpel. »Wie die über die Straße watschelt.«

»Das ist in der Tat ungewöhnlich.« Ich speicherte die fünf Sätze, die ich geschrieben hatte, auf daß sie nicht im Äther verschwänden; bei mir verschwindet nämlich alle naslang was im Äther, weil ich das Abspeichern vergesse oder weil wir einen Stromausfall kriegen. Ich möchte sogar behaupten, fast der gesamte Äther ist voll von großartigen Sätzen, die ich nicht gespeichert habe und die nun vermutlich einem anderen Schreiber von Geschichten einfallen werden, der sich mit ihnen schmücken wird, der Schurke.

Schlumpel spitzte die Ohren. »Hörst du's?«

»Was soll ich hören?«

»Muh! Es ist die Kuh mit den braunen Flekken hinten. Sie liegt auf der Wiese und schiebt das untere Maul immer hin und her. Jetzt macht sie einen Pflatschen. Und jetzt muht sie noch mal.«

»Schön gepflatscht und wohl gemuht, denkt die Kuh, ja, das tut gut«, sagte ich, zog aber gleich das Genick ein unter dem tadelnden Blick des Herrn von Goethe, der aus dem Bücherregal auf mich heruntersah. Dann war ich schon auf Seite zwei. Die Seite zu siebenunddreißig Zeilen und sechzig Anschlägen.

»Sie zieht was aus dem Gras.«

»Die Kuh?«

»Die Amsel. Einen Wurm.«

»Daran tut sie recht.« Ich ließ die Tasten klappern.

»Findet der Wurm aber nicht.«

»Der Anfang einer Geschiche ist am wichtigsten«, erklärte ich meiner Katze. »Vom Anfang hängt es ab, ob der Leser weiterliest oder ob er das Buch gleich an die Wand schmeißt.«

»Seppi brüllt dem Pimsel was nach.«

»Was denn?«

»Mistkater, elender!« Schlumpel reckte den Hals. »Schon wieder eine. Wie die wackelt!«

»Verdammt noch mal! Jetzt hab ich mich vertippt. Wegen dir. Hab was ganz anderes geschrieben, als ich wollte: *Mistkater, elender!* Halt endlich den Mund!«

»Wenn schon, dann Schnauze«, sagte Schlumpel empört. »Ich bin doch kein Mensch! Sie kommt.«

»Wer kommt?«

»Die Ente.«

»Die ist doch vorhin schon gekommen. Nein, gewatschelt.«

»Es ist eine andere Ente. Drum kommt sie auch von der anderen Seite.«

»Mach Sachen!« Ich löschte den *Mistkater* und schrieb den Satz neu, aber jetzt war plötzlich die von der anderen Seite gekommene Ente drin. »Schlumpel, so geht das nicht. Wie soll ich mich konzentrieren, wenn du mir dauernd dreinredest?«

»Jetzt steht sie in der Drecklache«, sagte Schlumpel, »und guckt.«

»Wie guckt sie denn?«

»Irgendwie dumm.«

»Soll sie doch in der Drecklache stehenbleiben und dumm gucken bis zum Jüngsten Tag. Wenn sie nur endlich aus meinem Satz verschwände. Immer, wenn ich auf ›Löschen‹

drücke, verlangt Heini, ich solle den Cursor vor der Ente positionieren, die linke – oder war's die rechte? – Maustaste gedrückt halten, dann mit gedämpfter Stimme rufen: *Herr, die Not ist groß, die ich rief, die Geister, werd ich nun nicht los!*, und dann müsse ich beide Maustasten ganz schnell loslassen.«

»Laß mal los!« sagte Schlumpel.

Ich ließ los. »Alles weg. Außer der Ente.«

Schlumpel machte einen langen Hals. »Die hockt immer noch in der Drecklache.«

»Und in meinem Satz«, knirschte ich. »Es ist der einzige, der noch da steht, die andern hat's geputzt.«

»Vielleicht gefällt es der Ente in deiner Geschichte. Besser als in der Drecklache. Guck mal, sie guckt zu uns her.«

»Ich kann sie nicht brauchen. Die Ente stört.«

»Einer könnt sie klauen«, schlug Schlumpel vor. »Ein Fuchs. Fuchs, du hast die Ent' gestohlen.«

»Die Gans«, sagte ich.

»Es ist aber eine Ente.«

Ich bestand auf der Gans.

»Ente. Enten gucken freundlicher. Und sie haben keinen so langen Hals. Die Gans, die immer noch in der Drecklache steht, ist eine Ente.«

»Ich mein die im Lied. Dort ist die Ente eine Gans. Jetzt ist sie weg. So was! Obwohl ich in meiner Verzweiflung auf ›Speichern‹ gedrückt hab, ist die Ente weg. Und alles, was weg war, ist wieder da. Heini bockt. Valerie muß wieder mal ein ernstes Wörtchen mit ihm reden. Jetzt kann's weitergehen. Willst du nicht lieber ohne mich in den Garten?«

»Ich bleib und helf dir beim Schreiben«, sagte Schlumpel. »Im Garten ist schon einer. Konrad. Er scharrt. Ganz wild. Im Salatbeet.«

Ich fuhr auf. »Das geht aber nun wirklich nicht. Wofür hat er sein eigenes Klo im ersten Stock?«

»Er steckt was in den Boden. Was Grünes.«

»Ach so. Das sind Salatsetzlinge.« Ich entschuldigte mich in Gedanken bei Konrad für den bösen Verdacht und überlegte, ob der nächste Satz mit *aber*, *doch*, *und* oder *oder* beginnen oder ob ich den nächsten weglassen und gleich den übernächsten schreiben sollte.

»Da ist eine Muck.«

Ich überhörte die Muck.

»Sie brummt.«

»Mucken brummen nicht. Mucken summen.«

Und wie sie summte, die Muck, sie summte so laut in meiner Geschichte herum, daß ich endgültig den roten Faden verlor, der sich durch eine gute Geschichte ziehen muß. Und die Geduld. Und die Lust zum Schreiben. Weshalb ich Heini ausschaltete, der, bevor er den Geist aufgab, mir gerade noch eine freundliche Botschaft senden konnte: *Du hast mich ausgeschaltet*, sagte Heini erbittert, *ohne mich vorher ordnungsgemäß herunterzufahren. Vermutlich sind infolge dieses gravierenden Bedienungsfehlers, den du immer wieder machst, alle wichtigen bisher gespeicherten Daten endgültig und für alle Zeit verloren. Geschieht dir recht. Gut' Nacht!*

Die große Stille

Das ist mein Bett, nicht deins«, sagte ich streng, aber nicht allzu streng.

»Hab auf dich gewartet.« Meine treue Katze lag, alle viere von sich gestreckt, auf der Wärmflasche, die ich vorsorglich unters Deckbett gesteckt hatte. Sie findet immer das wärmste Plätzchen.

»Du weißt genau, daß du nicht ohne mich – und außerdem nur am unteren Ende –«

»Mein Bauch liegt aber lieber hier.«

»Das war nun wirklich zum letzen Mal –«

»Schon recht«, sagte meine befehlsresistente Katze und gähnte ausgiebig. »Du guckst so komisch.«

»Was heißt komisch?« fragte ich.

»Menschen gucken immer irgendwie komisch. Aber gerade eben hast du besonders komisch geguckt. Ich guck nie komisch.«

»Mir tun die Ohren weh«, sagte ich.

»Hast du dich mit Konrad gehauen und jetzt einen Schlenzer drin? Ich hab auch eins von den Seppiohren verschlenzt.«

»Konrad und ich, wir tragen unsere Meinungsverschiedenheiten ohne Ohrenschlenzer auf einer anderen Ebene aus. Ich war im Kino. Hab einen Film angeguckt.«

»Mit den Ohren?« fragte Schlumpel.

»Mit den Augen. Aber wenn man ins Kino geht, läßt man die Ohren nicht daheim.«

»Und warum tun dir die Ohren weh, wenn du mit den Augen geguckt hast?«

»Weil alles so laut war. Rutsch mal!« Ich ließ mich aufs Bett fallen.

»Dann klapp sie doch zu! Guck, was ich alles machen kann mit meinen Ohren.« Sie stellte sie so, daß die Ohröffnungen leicht nach vorn und nach außen zeigten: »Das tu ich, wenn alles in Ordnung ist. Hör ich oder seh ich was Interessantes, spitz ich sie. So!« Dann legte sie ihre Ohren flach an. »Damit sie nicht zerschlenzt werden beim Raufen. Hab ich Wut, dreh ich sie nach vorn und zeig ein bißchen die Rückseite. Dann bin ich sehr wild und furchtbar gefährlich. Das kannst du nicht, was?« Sie spielohrte mit den Ohren wie ein Hase.

»Ich kann aber mit den Ohren wackeln«, sagte ich und demonstrierte es eindrucksvoll.

»Kann Konrad auch mit den Ohren wakkeln?«

»Nur mit einem.«

»Wir sind halt besser, was?« sagte Schlumpel zufrieden. »Erzähl weiter von deinen Ohren!«

»Ich hab Watte hineingestopft, aber es war immer noch zu laut. Die Musik war lauter als das, was die Leute gesagt haben. Und was die gesagt haben, hab ich nicht richtig verstanden. Heute nuscheln alle.«

»Was ist nuscheln?« fragte meine Katze.

»Sie kriegen den Mund nicht richtig auf, und wenn sie ihn aufmachen, reden sie furchtbar undeutlich und so schnell, daß meine armen Ohren nicht mitkommen und sauer werden.«

»Warum reden die so nuschelig und so schnell?«

»Deutlich reden gilt heute als altmodisch. Die Schauspieler sollen so reden wie die Leute auf der Straße, sagen die Filmemacher. Die nuscheln ja auch. Aber ein Film ist was anderes, man würde schon gern was verstehen. Sonst sitzt man da wie der Ochs am Berg.«

»So sind die Menschen halt«, sagte Schlumpel zufrieden. Auf uns herumhacken ist nämlich eine ihrer Lieblingsbeschäftigungen. »Machen dauernd Krach. Ihre Radios auch. Und die Autos. Und die Flugzeuge. Und die Traktors. Und die Rasenfresser. Ihr seid vielleicht verbrüllt, alle miteinander.« Sie rollte sich auf dem Kopfkissen zusammen. Es ist ein sehr künstlerisches Kopfkissen, mit lauter aufgedruckten Katzentappsern. Und auf dem Bettbezug räkeln sich diverse Katzen, die aussehen, als hätte ein Kind sie dort hingekrakelt. »Warum seid ihr bloß so verkracht?« fragte Schlumpel.

»Vielleicht, weil die Leute wegen dem Lärm um sie herum allmählich taub werden. Der macht ihre Ohren kaputt, dann hören sie immer schlechter, und damit sie überhaupt noch was hören, machen sie noch mehr Krach, hören deshalb noch schlechter, und so geht das immer weiter. Bei uns hier im Dorf ist's auch so. Wer's lieber leise hat, ist verdächtig.«

»Und wenn's nicht mehr weitergeht mit dem Krach?« fragte Schlumpel.

»Dann explodiert die ganze Welt mit einem großen Knall. Dem Endknall. Was das Gegenteil vom Urknall ist.«

»Was ist ein Urknall?« fragte Schlumpel.

»Mit dem hat alles angefangen.«

»Und dann?« fragte Schlumpel. »Nach dem Knall-Ende? Wo alles in die Luft geht?«

»Dann ist Ruh. Gut' Nacht!«

Eine Woche später:

»Mein Bett«, sagte ich mit gebührender Strenge, »ist tabu für Schlumpelkatzen. Das weißt du genau.«

»Es liegt ja nur eine drin«, sagte Schlumpel.

»Das reicht.«

»Nur eine arme, totgefrorene Katze.«

»Dein Bauch fühlt sich ganz warm an.«

Schlumpel rollte sich auf der Bettflasche herum.

»Und du liegst auch nicht am unteren Ende.«

»Als Katze«, sagte Schlumpel, »liegt man nie unten.«

»Das war nun wirklich zum letzenmal –«

Schlumpel gähnte. »Du guckst so freudevoll. Wie geht's deinen Ohren?«

»Gut«, sagte ich. »Rutsch mal!«

»Warum gut?«

»Ich war wieder im Kino. Hab einen Film angeguckt. Meine Augen waren begeistert, und die Ohren ganz beglückt. Nur mein Hintern nicht. Es war ein sehr langer Film, und die Stühle im Kino waren sehr hart.«

»Schön weich, das Bett, was?« Schlumpel wühlte sich in die Kissen.

»Der Film heißt ›Die große Stille‹. Da war ein Kloster, in dem lebten Mönche. Kartäuser.«

»So einen kenn ich auch«, sagte Schlumpel. »Der ist aber nicht sehr still. Maunzt und plärrt und kann das Maul nicht halten.«

So einen Mönch hatte ich bei uns in Oberweschnegg bisher noch nicht gesehen.

»Er heißt Bommel. Und er hat ganz zerrupfte Ohren. Neulich hab ich ihm eine runtergehauen. Wegen Belästigung und so.«

»Als Mönch«, sagte ich, »darf er das nicht. Der soll sich was schämen.«

»Der schämt sich nicht. Er hat gesagt, als Kartäuser ist er was Besonderes. Sein Fell ist ganz grau und kurz.«

»Ach so«, sagte ich. »Dein Bommel ist kein Mönch, sondern ein Kartäuserkater. So heißt diese Rasse. Die Kartäuser im Kloster benehmen sich anständig, weshalb sie auch keine Schlenzer in den Ohren haben.«

»Warum sind die anständig?«

»Weil ihnen nix anderes übrigbleibt. Die dürfen sich nicht hauen, keinen Krach machen und müssen den Mund halten. Im Film hörte man nur wenige, aber erlesene und sehr wohltuende Geräusche. Das Wehen des Windes. Die Klosterglocke. Das Tappen der Mönchsfüße auf den Steinplatten des Fußbodens. Das Prasseln des Feuers im Ofen. Und die Vögel im Klostergarten hab ich gehört. Und die Schneeflocken, wie sie fallen. Manchmal haben die Mönche auch was gemurmelt. Ein Gebet. Und Gott war da.«

»Woher weißt du das«, fragte Schlumpel, »wo du doch gar nicht mit ihm befreundet bist, sondern so was von unfromm?«

»So steht's in der Bibel. Gott macht auch

keinen Krach. Er kommt nicht mit Sturmgebraus daher. Und nicht mit Gedonnere. Er kommt im leisen Wehn. Das hab ich, trotz Unfrömmigkeit, nie vergessen. Der Filmemacher auch nicht.«

»Der war bestimmt mal eine Katze«, sagte Schlumpel überzeugt.

»Vielleicht in einem früheren Leben«, sagte ich.

»Da siehst du's mal wieder. Eine Katze ist halt doch ein besserer Mensch. Aber ein Mensch ist nie eine bessere Katze.«

»Da hast du wohl recht«, sagte ich. »Darf ich auch ins Bett?«

Ich durfte. Und dann sagten wir eine Zeitlang nichts mehr. Wie die Kartäusermönche in ihrer wunderbaren großen Stille.

Ihr bleibt hier, und zwar sofort!

Also, Schlumpel«, sagte ich, »Konrad und ich, wir fahren übers Wochenende weg, und du bleibst da. Es ist ja warm, du schläfst draußen auf dem Strohballen, die Nachbarin stellt dir was zum Essen hin, und das Frischfleisch wartet in den Mauslöchern auf unserer Wiese auf dich.«

Dann fuhren Konrad und ich weg. Dann kriegte Konrad die Grippe, und zwar in einer besonders schlimmen Form – Konrad kriegt nämlich immer das Schlimmste, was man kriegen kann –, und hütete in dem kleinen, romantisch gelegenen Hotel das Bett, und ich hütete Konrad. Nach einer Woche war das Schlimmste vorbei, und wir fuhren wieder heim, das heißt, ich fuhr, und Konrad zuckte ständig zusammen, wenn uns ein Auto entgegenkam, in der Meinung, ich sähe es nicht, hielt sich die Ohren zu, wenn ich einen anderen Gang einlegte, riet mir dringend, beim Abbiegen den Winker einzuschalten, das sei so üblich, und griff sich dauernd ans Herz. Und ich deutete jedesmal auf das Schildchen, das ich seinetwegen am Armaturenbrett befestigt hatte. *Halt's Maul, Beifahrer!* befahl das Schildchen – wobei ich sagen muß, daß ich mich gewöhnlich weniger drastisch auszudrücken pflege –, und Konrad behauptete, er habe doch kein böses Wort gesagt, und das sei mal wieder typisch.

So fuhren wir im besten Einvernehmen nach Hause und freuten uns wenigstens auf Schlumpel, aber wir freuten uns vergeblich.

Keine Schlumpel, nirgends.

Konrad weigerte sich, ganz und gar gesund zu werden, und auch mir ging es nicht besonders.

Es dauerte zwei Tage, bis meine Katze vor der Balkontür stand.

»Schlumpel! Endlich! Wo warst du denn?«

Schlumpel würdigte mich keines Blickes, übersah auch Konrad, der matt in seinem Musiksessel ruhte, die Decke um die Beine gewikkelt, legte sich vor die Balkontür und betrachtete die Bäume und die Wolken. Wir waren Luft für sie.

»Freust du dich nicht, daß wir wieder da sind?«

Schlumpel legte die Ohren flach an und freute sich sichtlich kein bißchen.

»Konrad hat dauernd von dir gesprochen.«

Konrad hob den Finger: »Im Fieber!«

»Ja«, sagte ich, »im hohen Fieber mit Wadenwickeln an den Füßen. Von dir. Immer wieder.«

Schlumpel klopfte mit dem Schwanz auf den Boden. »Zwei Tage, hast du gesagt. Waren das zwei Tage?«

»Sollte ich Konrad denn allein liegenlassen? Schau ihn doch an, wie mickrig er noch aussieht. Aber er wollte unbedingt heim. Es zog ihn zu dir. Schnurr doch mal ein bißchen!«

»Schnurren, was ist das?« fragte Schlumpel düster.

Nun, da Schlumpel, wenn auch nicht übertrieben liebenswürdig, aber immerhin wieder da war, erholte sich Konrad von einer Stunde auf die andere. Er verlangte nach einer dick mit Butter beschmierten Brezel sowie einem Becher Kakao mit einem Schuß Kirsch drin, hörte die zwanzigste Aufnahme des Klavierkonzertes Köchelverzeichnis 271, dann die siebenunddreißigste des gleichen Konzerts, verglich die beiden mit der dreizehnten Aufnahme und verkündete, übermorgen bringe der Sender die vierzigste Version, auf die habe er schon lange gewartet. Nachmittags machten wir einen Genesungsspaziergang nach Unterweschnegg und schritten flott aus. Doch wir kamen nicht weit.

»Da heult wer.« Konrad blieb stehen. Dann hörte ich es auch. Ein jämmerliches Maunzen und Raunzen. Schlumpel kam hinter uns hergerannt. »Ihr bleibt hier, und zwar sofort!«

»Wir gehen doch nur ein bißchen spazieren.«

»Du lügst. Abhauen wollt ihr. Wie letztesmal.«

»Aber nein. In einer halben Stunde sind wir wieder da.«

»Wer's glaubt.« Schlumpel guckte erbärmlich. Das Fell war stumpf. Es hing der Schwanz.

»Dann in zwanzig Minuten.«

»Ganz allein hock ich wieder da.«

»Unsinn.«

»Eine arme, menschverlassene, ungestreichelte, ungeliebte Katze.«

»Gib uns nur eine Viertelstunde. Wir rennen.«

»Ich geh kaputt«, sagte meine ungeliebte Katze. »Gleich fang ich an. Und ihr seid schuld. Dann bin ich nicht mehr da. Dann bin ich hin. Und ihr könnt gucken, wer euch morgens eine frische Maus vor die Tür legt. Wer euch was schnurrt und das Bett vorwärmt.« Sie legte sich mitten auf den Weg. »Dann kommt ein Auto und macht mich platt. Den Schwanz auch.«

»Ich halt's nicht aus«, sagte Konrad.

»Schlumpel liebt mich. Mehr als – na ja. Arme treue Schlumpel. Eine Seele von einer Katze. Ich will gar nicht nach Unterweschnegg. Was soll ich in diesem Kaff? Du wolltest nach Unterweschnegg.«

Aber ich wollte auch nicht mehr. Wir drehten um. Schlumpel, von Ohr bis Schwanz ein einziger Triumphzug, zeigte uns, wo's langging.

Abends ruhte unsere Katze zwischen Konrad und mir auf dem Elefantenkissen. Ihr Fell schimmerte, ihr Blick war munter, den Schwanz hatte sie gefällig um sich herumgekringelt. Schnurren konnte sie auch wieder.

Wir sind Papst

Schlumpel«, sagte ich, »wir sind Papst.«

Schlumpel, die soeben einen viel zu großen Happen *Ente mit Fasan* gefressen hatte, sah mich an. Ein Stückchen – Fasan oder Ente? – hing ihr seitlich aus der Schnauze.

»Schluck's hinunter!« sagte ich. »Überall liegen Krümel und Brocken rum, kannst du nicht manierlicher fressen, jetzt, wo wir Papst sind?«

»Ist das schlimm, wenn man Papst ist?«

»Wie man's nimmt.«

»Was frißt man denn so als Papst?«

»Besonders gern Schweinsbraten mit Knödeln.«

Schlumpel mochte keine Knödel. Doch bevor sie mir ihre Vorschläge für die päpstliche Speisekarte unterbreiten konnte, sagte ich, eigentlich seien wir gar nicht richtig Papst. Papst sei ein anderer.

»Konrad?« fragte Schlumpel.

»Da sei Gott vor! Aber weil der Papst aus unserer Mitte stammt, aus deutschen Landen frisch auf den Thron, hab ich gesagt, wir seien Papst. Wir fühlen uns geehrt. Jedenfalls eine Menge Leute. Besonders in Bayern, wo er herkommt.«

Schlumpel sprang auf ihren Sessel – auf Konrads Musiksessel – auf ihren gemeinsamen Sessel – und begann sich zu putzen, wie immer, wenn sie sich den Bauch vollgeschlagen hat. »Was ist das – ›Papst‹?«

»Der Papst ist ein ganz hohes Tier und –«

»Ein Giraff?« Schlumpel schleckte die Pfote ab und fuhr sich damit über die Ohren.

»Kein Giraff, man sagt übrigens Giraffe. Die Giraffe.«

»Aber wenn's ein ›er‹ ist, heißt es ›der‹ Giraff.«

Mit Schlumpel zu streiten heißt immer den kürzeren ziehen, da schlägt bei ihr der Großvater durch. »Das mit dem hohen Tier sagt man nur so. Der Papst ist ein Mensch. Vergiß das linke Ohr nicht.«

Das Menschsein imponierte Schlumpel kein bißchen, im Gegenteil.

»Ein Mensch und ein Mann. Ein Vater ist er auch. Ein Heiliger Vater.«

»Mensch, Mann, Vater und heilig«, sagte meine Katze mit einem Gesicht, als sei diese Kombination nichts besonders Verehrungswürdiges. »Noch was?«

»Du weißt doch, daß dein seliger Großvater, bevor er zu mir auswanderte, bei diesem Pfarrer war, der ihm wegen seiner lauten nächtlichen Singerei den Schlappen nachgeschmissen hat und später eine Schachtel vor meine Küchentür stellte, mit einer wunderschönen Schmuddelkatz drin.«

»Und mit Kußnegern«, sagte Schlumpel, »ganz bäbbig und süß.« Sie schleckte sich die Schnauze.

»Der Papst ist der Chef von diesem Pfarrer und von allen Pfarrern auf der ganzen Welt. Aber nur von den katholischen.«

»Den hab ich dort aber nie rumrennen sehen.« Schlumpel verdrehte den Hals und begann sich den Rücken zu schlecken. Ich wundere mich immer, wie sie da hinkommt. »Kann der das auch, den Buckel schlecken?«

Das bezweifelte ich. »Dazu ist er zu steif.«

»Wie du«, sagte Schlumpel, »an deinen Buckel kommst du auch nicht mit der Zunge.«

»Und Päpste rennen nicht. Weil sie alt und wacklig sind. Päpste sitzen.«

»Wo sitzen die?«

»Auf dem Stuhl Petri. Dem Stuhl von Petrus. In Rom. Das liegt in Italien.«

»Ich sitz auf dem Stuhl von Konrad. In Oberweschnegg. Das liegt bei uns.« Schlumpel spreizte die Zehen und schleckte sich dazwischen, dann glättete sie den Schnurrbart und den Schwanz.

Sie geht bei der Putzerei ziemlich unsystematisch vor, wie mir scheint. Oder nach einem geheimen Leck- und Schleckplan, den ich nicht durchschaue. »Dann ist Konrad also nicht Papst?«

»Nein. Da bin ich mir sicher.«

»Warum bist du nicht Papst?«

»Weil ich eine Frau bin. Hab ich doch vorhin schon gesagt. Der Papst ist ein Mann.«

Schlumpel erstarrte in der Bewegung, ihr ausgestrecktes Hinterbein hing in der Luft. »Wenn du diesen komischen Papst heiratest, bist du Frau Papst. Dann kannst du ihn runterschmeißen und selber auf dem Peterstuhl sitzen.«

»Ich denk nicht dran.«

»Wegen Konrad? Heult der dann?«

»Und wie der dann heult. Außerdem würde ich den Papst nie heiraten, weil er, wie gesagt, zu alt ist und weil ich nicht fromm bin.«

»Vielleicht nimmt ihn das Julchen«, sagte Schlumpel.

»Was für ein Julchen?«

»Das aus deinem Bilderbuch, das so pfiffig ist und so fett. Das Julchen mag bestimmt auch Knödel. Und er muß nicht mehr allein in seinem Körbchen liegen.«

»Julchen«, sagte ich, »hat was mit Vetter Fritz. Die nimmt den Papst nicht. Außerdem darf der, wie alle Pfarrer, gar nicht heiraten.«

»Aber der Pfarrer, der mich in der Schachtel hergebracht hat – der ist nicht allein in seinem Körbchen rumgelegen und –«

»Schlumpel«, sagte ich, »das wollen wir hier nicht vertiefen.« Ich streichelte sie. Schlumpel schleckte meine Hand ab, was sehr angenehm kribbelte und kitzelte. Wenn sie die Augen geschlossen hat, ignoriert ihre Zunge den Unterschied zwischen Katzenfell und Menschenhaut.

»Aber wenn er keine Kinder machen darf, ist er doch gar kein Vater.«

»Wir alle sind seine Kinder. Das reicht.«

»Du auch?«

»Das kann man so nicht sagen.«

»Also«, faßte Schlumpel zusammen, »manierlicher fressen muß der –«

»Nein, nicht er, sondern du!«

»– rumrennen kann er nicht, nur rumsitzen auf so einem harten Stuhl in diesem komischen Rom, wo einem Peter gehört, mit Julchen und Heiraten und Kinderkriegen ist auch nix, und er kommt nicht um sich rum beim Schlecken. Heilig muß er auch noch sein.« Sie schleckte sich ausgiebig den Hintern. »Was darf er überhaupt?«

»Er sagt seinen Kindern, was sie machen sollen.«

»Woher weiß er das?«

»Vom Heiligen Geist. Der erleuchtet ihn.«

»Weil's in seinem Kopf dunkel ist?«

»Manchmal schon. Dann ist so eine Erleuchtung nicht schlecht.«

»Beleuchtet der dich auch geistlich?«

»Glaub ich nicht.«

»Wer beleuchtet dich?«

»Konrad. Wenigstens manchmal.«

»Beleuchtet der Geist auch Konrad?«

»Der würde sich jede Einmischung des Heiligen Geistes in seine Gedanken energisch verbitten. Konrad erleuchtet sich selbst.«

»Zeig mal den Heiligen Geist!«

»Tut mir leid, den hab ich nicht da. Ich mein, ich hab kein Bild von ihm.« Daß ich sehr wohl mehrere Abbildungen in meiner großen Kunstgeschichte hatte, nämlich diverse Taufen Christi im Jordan mit anmutig herabschwebenden Heiligen Geistern, verschwieg ich in der sicheren Annahme, Schlumpel werde beim Anblick eines Heiligen Geistes in Gestalt einer Taube nur das Wasser im schleckigen Maule zusammenlaufen.

»Und was sollen sie tun, die nicht selbstgemachten Papstkinder?«

»Sich benehmen. Und zwar vorbildlich.«

»Was ist ›vorbildlich‹?«

»Das Gegenteil von dem Benehmen, das du an den Tag zu legen pflegst. Und auch dein nächtliches Benehmen ist nicht gerade übertrieben – warum guckst du so?«

»Ich hab kein Kissen«, sagte Schlumpel. »Ohne Kissen kann ich nicht vorbildlich sitzen.«

Ich holte das von ihr so geschätzte Elefantenkissen mit den noch verbliebenen, arg ramponierten Satteldeckentroddeln.

»Und die Kinder vom Papst benehmen sich dann anständig?«

»Nein.«

»Weiß er das?«

»Ja, das weiß er.«

»Warum läßt er's dann nicht?«

»Weil das halt seine verdammte Pflicht ist.«

Ich wiederholte den Satz, aber ohne »verdammt«. Immerhin ging es um den Papst.

»Ich laß mich von dem auch nicht rumkommandieren«, sagte Schlumpel. »Sag ihm das, wenn er mal nach Oberweschnegg kommt.«

Ich versprach es, meinte aber, in nächster Zeit komme er wohl nicht, was ich, wäre ich Papst, auch nicht täte, schon um jene Stelle an der Dorfstraße nicht sehen zu müssen, an der bis vor kurzem prächtige, zweihundertjährige, naturgeschützte Bäume standen, die einer der

Bauern einfach umgelegt hat, denn Bäume stören und gehören, darin sind sich Bauern und Gemeindeverwaltungen hierzuland einig, nur in den Wald. Möge er dermaleinst in der Hölle schmoren für diesen Meuchelmord!

Schlumpel ruckelte sich auf dem Kissen zurecht. »Sitzt der Papst auf seinem Peterstuhl auch auf einem Kissen mit einem Elefanten mit einem Schwanz zum Dranziehen und einer troddeligen Satteldecke?« Sie nahm sich eine der Troddeln vor und zerfleischte sie gründlich.

»Der sitzt nur auf seinem Papstthron, ohne Elefantenkissen und Troddeln.«

»Und sag ihm, ich tät nie Papst werden. Ich bin lieber eine Schmuddelkatz.«

»Als Katze kannst du das sowieso nicht. Du könntest höchstens Papstkatze werden.«

»Was frißt man denn als Papstkatze?«

»Das gleiche wie meine Katze.«

Das nahm mir Schlumpel nicht ab. »Eine Papstkatze kriegt bestimmt heilige Büchsen. Vielleicht werd ich Papstkatze. Mal gucken.«

»Eine Papstkatze darf aber keine Flöhe haben und keine Milben. Werd lieber nicht Papstkatze.«

»Meinst du?«

»Ja, das mein ich.«

»Und Konrad?«

»Konrad will bestimmt auch nicht, daß du Papstkatze wirst. Außerdem soll es schon eine geben. Il gatto del papa.«

»Ist die auch heilig?«

»Katzen sind grundsätzlich nicht heilig«, sagte ich. »Ich glaube zwar immer an das Gute in der Katze, aber das Heiligsein entspricht gottlob nicht ihrer Natur. Wenigstens ist mir keine heilige Katze bekannt.«

»Und mein Opa?«

»Mein lieber Stoffele – mit vollem Namen hieß er Mephistopheles, ein Name, der verpflichtet – neigte kein bißchen zur Heiligkeit.«

»Ich könnt's ja mal probieren«, schlug Schlumpel vor.

»Heilige Schlumpel, bitt für uns! – nein, da wird nix draus. Du bist und bleibst meine liebe unheilige Schmuddelkatz.«

»Wie sieht die aus, die Papstkatze?«

»Keine Ahnung. Es stand nur in der Zeitung. Ich glaub's aber nicht. Die Papstkatze ist bestimmt eine Ente, die den Zeitungsfritzen zugewatschelt ist, weil sie nicht wußten, was schreiben.«

»Du glaubst auch gar nix«, sagte Schlumpel. »Dann bleib ich halt hier. Bei dir und bei Konrad. Und bei mir.«

»Da sind wir alle drei aber froh.«

Bevor Schlumpel auf ihrem Kissen unterging, sagte sie noch, mehr zu sich selbst als zu mir: »Wir sind Papst. Alle drei. Nicht richtig, aber trotzdem. Find ich komisch.«

»Wir sind halt nicht direkt Papst«, sagte ich erschöpft. »Nur indirekt. Und jetzt will ich das Wort ›Papst‹ nie mehr hören. Wenigstens bis zu den Abendnachrichten. Mach, daß du untergehst!«

Ein paar Stunden darauf spazierte sie zur Küchentür herein, beschnüffelte den Türrahmen, der verlockend nach Kater roch, und sagte vorwurfsvoll: »Das mit dem Papst, der wir sind, ist erstunken und erlogen.«

»Wer sagt das?«

»Seppi.«

»Was geht das den an? Der soll sich da raushalten.«

»Seppi«, sagte Schlumpel, »ist nämlich Papst.«

»So ein Quatsch.«

»Hab ich ihm auch gesagt. Ich hab gesagt, daß wir Papst sind, und zwar indirekt. Nein, wir, hat er gesagt, das weiß er von Frau Bastian, die bei ihm wohnt. Dann ist der Othello gerannt gekommen und hat gesagt, der Papst, das ist er. Und hat sich an mich rangemacht. Obwohl er das nicht darf, als Papst. Der hat vielleicht gejault, als ich ihm eine gefetzt hab. Und dann ist er abgehauen, obwohl er als Papst gar nicht rennen kann.«

»Schlumpel«, sagte ich erschöpft, »vergiß den Papst.«

»Dann sind wir nicht mehr Papst?«

»Nein. Weder direkt noch indirekt.«

»Auch recht«, sagte Schlumpel und marschierte aus der Küche, um Konrad zu suchen und ihm mitzuteilen, daß wir nicht mehr Papst seien.

Von den Schwarzen Löchern des Herrn Lesch

Herzlich willkommen bei ›Alpha Centauri‹«, sagte der Mann mit Grabesstimme.

Der dumme August zeigte uns einen Menschen in alten Klamotten, der, hinter sich eine altmodische Schultafel, vor ebenso altertümlichen Schulbänken stand, in der Hand ein neues Stück Kreide.

»Wer ist denn das?« fragte Schlumpel.

»Das ist ein Sterngucker. Er guckt aber nicht nur, er macht sich auch Gedanken über sie und über alles, was am Himmel passiert.«

»Was für Gedanken?« fragte Schlumpel.

»Sehr schlaue und sehr tiefe. Der weiß genau, wieviel Sternlein stehen, er kennt sie alle mit Vor- und Nachnamen, dazu von jedem den Geburtstag und die Kinderkrankheiten.«

»So hab ich mir den aber nicht vorgestellt.«

»Wen denn?«

»Den lieben Gott.«

»Wie kommst du denn darauf?«

»Weil du gestern abend gesungen hast, daß

der liebe Gott alle Sternlein gezählt hat und genau weiß, wenn eins runterfällt.«

»Das ist nicht der liebe Gott. Das ist nur Professor Lesch von der Universitätssternwarte in München. Aber auch ein kluges Haus.«

»Schön, daß ihr alle da seid«, sagte das kluge Haus. »Heute kriegen wir die Schwarzen Löcher.«

»Dann halt nicht«, sagte Schlumpel. »Und was will der bei uns?«

»Mich bilden.«

»Weil er schlau ist, und du bist blöd.« Das war Schlumpel längst klar. Mir auch.

»Professor Lesch guckt jede Woche mal bei uns rein. Er erklärt mir im Auftrag von *Bayern Alpha* den Kosmos. Die Galaxien. Was die Welt im Innersten zusammenhält.«

»Ich hab dir mal das Paradies erklärt«, sagte Schlumpel. »Und die Schöpfung und das ganze Zeug.«

»Ja, das weiß ich noch. Mir sind richtig die Augen aufgegangen.«

»Dann brauchst du den doch nicht.«

»Er erklärt die Welt etwas wissenschaftlicher als du. Er kann nun mal nicht anders. Doch auch zum Augenaufgehen.«

»Einen Schnurrbart hat er aber nicht«, sagte Schlumpel verächtlich. »Nur unten ein bißchen was, und oben hat er fast nix.«

»Still jetzt!« sagte ich. Professor Lesch schrieb gerade an die Tafel, daß es also um Schwarze Löcher gehen sollte.

»Sie hat gesagt, du bist gar nicht der liebe Gott«, sagte Schlumpel. »Aber manchmal schwindelt sie.«

Herr Lesch sah nicht ungeschmeichelt aus, gab aber zu, nicht der liebe Gott zu sein. Was er auch gar nicht sein könne, weil er, als aufgeklärter Astrophysiker, an den ja leider nicht glaube. Obwohl er im Grunde nix gegen ihn habe.

»Sie ist auch unfromm«, verriet Schlumpel. »Obwohl sie abends oft das Lied von den Sternlein singt, die er, also der liebe Gott, wo du nicht bist, gezählt hat.«

»Ich sing's manchmal auch«, gab Herr Lesch zu. »Wenn's keiner hört.«

»Wenigstens hat er einen roten Pullover an.« Schlumpel legte sich, die Vorderpfoten eingeknickt, aufs Sofa. »Wie ich.«

»Die Schwarzen Löcher sind hochinteressant«, sagte Herr Lesch. »Glaub's nur.«

»Aber tigerliche Streifen wie ich hat er nicht«, stellte Schlumpel zufrieden fest.

»Dort draußen« – Herr Lesch zeigte hinter sich, wo das Weltall farbprächtig wallte und waberte und strudelte – »treiben sich eine Menge Schwarzer Löcher herum.«

»Der Socken von Konrad – glaubst du, der kennt Konrad?« fragte Schlumpel.

»Nein«, sagte ich.

»Der Konradsocken hat nämlich auch ein Loch«, verriet Schlumpel dem Professor. »Und Konrad hat gesagt, irgendwer muß es stopfen. Und die da hat gesagt, sie stopft es nicht, weil sie nicht stopfen kann. Da hat Konrad es selber gestopft. Mit Grün, weil nix anderes in dem Körbchen gewesen ist, wo das Stopfzeug rumliegt, was eine elende Schlamperei ist, hat Konrad gesagt, bei seiner Mutter war mehr als Grün zum Stopfen im Körbchen und –«

Ich hielt meiner Katze die Schnauze zu.

»Hochinteressant«, sagte Herr Lesch. »Unser Schwarzes Loch stopft keiner, weder rot noch grün, noch gelb, noch blau.«

»Ich hab auch eine Menge Löcher«, sagte Schlumpel stolz. »Auf meiner Wiese bei uns hinterm Haus. Hast du auch eine Wiese?«

»Leider nicht«, sagte Herr Lesch sichtlich betrübt. »Ich hab nur den Sternenhimmel. Aber auf dem blühen immerhin jede Menge Sterne, wenn ich mal so sagen darf. Auch sehr hübsch. Jetzt aber zu den Schwarzen Löchern.«

»In meinen Löchern sind Mäuse«, sagte Schlumpel. »Und in deinen?«

»Wenn in meinen Löchern auch keine Mäuse drin sind«, sagte Herr Lesch, »so haben sie es trotzdem in sich. Weil diese Schwarzen Löcher« – als er das sagte, fuhr ihm der Kameramann mit der Kamera fast in die Nasenlöcher –, »weil diese Löcher – hört ihr denn noch zu?«

»Und wie«, sagte ich.

»Also, ich fang am besten ganz von vorne an. Unser Schwarzes Loch war nämlich nicht immer ein Loch. Bevor es ein Loch wurde, war es ein Stern, ein Mordsbrocken, der hat sich selber eingeheizt.«

»Weil er gefroren hat?« fragte Schlumpel.

»Könnte man sagen. Ist ja auch saumäßig kalt im Weltall. Und eines Tages ist der Kerl in die Luft gegangen. Explodiert, sozusagen.«

»Dann war er weg«, sagte Schlumpel.

»Nicht ganz. Ein paar Fitzelchen waren noch da. Die hätten glatt in einen Fingerhut gepaßt. In den kleinsten Fingerhut, den man sich vorstellen kann. Soooo klein!« Herr Lesch zeigte zwischen Daumen und Zeigefinger die Größe – oder Winzigkeit des Fingerhuts, in dem der mickrige Sternenrest drin war. »Und da, wo früher mal der Stern sich breitgemacht hatte – was sieht man jetzt da? Na?«

»Das Loch«, sagten Schlumpel und ich wie aus einem Mund.

»Gut beobachtet«, sagte Herr Lesch. »Und was für ein Loch! Es hat ein großes Maul und einen großen Magen und einen großen Hunger.« Er riß den Mund auf und ließ Ober- und Unterkiefer ein paarmal eindrucksvoll auf- und zuklappen. »Alles, was ihm in die Nähe kommt, wird gefressen.«

»Ich tät abhauen«, sagte Schlumpel. »Ich laß mich doch von so einem blöden Loch nicht fressen.«

»Ist nix mit Abhauen.« Herr Lesch hob die Arme. »Du hockst da wie das Kaninchen vor der Schlange. Wie hypnotisiert. Kriegst die Pfoten nicht mehr hoch. Und dann – gut' Nacht! Ich kann dir nur raten, einen großen Bogen um so ein Schwarzes Loch zu machen.«

Der Kameramann, beseelt von innerer Unruhe, fuhr mit seiner Kamera auch in einem großen Bogen um Herrn Lesch herum. Dieser drehte sich im Kreis, weil er ja nicht von hinten gesehen werden wollte.

»Warum rennen die immer um sich rum?« fragte Schlumpel.

»Damit Belebung ins Bild kommt«, sagte ich, »der Kameramann macht es uns zulieb, damit uns nicht langweilig wird, und er will ja auch was tun für sein Geld. Schau mal den Mond, der gerade hinter Herrn Leschs Kopf aufgeht. Der hat jetzt einen Heiligenschein. Und dort hinter ihm kreist der Andromedanebel. Schön bunt, was?«

»Das Ding ist wie ein Staubsauger«, sagte Herr Lesch, »wenn du weißt, was das ist.«

»Weiß ich«, sagte Schlumpel. »Unserer heißt Anton und hat immer Verstopfung, und dann muß Konrad ihn entstopfen.«

Der Kameramann zeigte Herrn Lesch nun von oben, dann legte er sich auf den Boden und zeigte ihn von unten. Auch nicht übel.

»Also: wenn du nicht aufpaßt und aus Versehen – oder auch mit voller Absicht, weil du neugierig bist, in so ein Schwarzes Loch reinfällst oder reinfliegst«, sagte er, wieder nur zu Schlumpel – an mich wendet er sich nicht mehr, ich bin ihm zu blöd, er ahnt wohl, daß ich in Physik eine Fünf hatte –, »passiert genau das, was ich jetzt zeige. Her mit dem Gummi!« Eine Hand reichte ihm ein Gummiband, das Herr Lesch auseinanderzog, so daß es immer länger wurde.

»Wenn ich nun meinen Schwanz in das Loch – wird der dann auch –?« fragte Schlumpel.

Herr Lesch nickte bekümmert. »Tja«, sagte er, »tut mir leid für deinen Schwanz, aber da kann man nix machen.«

»Wie lang?« fragte Schlumpel.

»Sagen wir mal – sehr, sehr lang. Ein paar Kilometer sind schon drin.«

»Ich tu's nicht.« Schlumpel, wickelte ihren

Schwanz um sich rum und legte auch noch die Pfote drauf.

»Eine weise Entscheidung«, sagte Herr Lesch. »Also: Hast du das alles kapiert? Und Sie?«

Schlumpel klappte die Augen auf und zu, und ich sagte, ich hätt es auch kapiert. Man will ja nicht für ganz blöd gehalten werden. Trotz einer Fünf in Physik.

»Wirklich?« sagte Herr Lesch zweifelnd. »So sehen Sie aber nicht aus. Na, für heute reicht's, ich muß nämlich gleich weg.« Und dann sagte er noch: »Also Ihre Katze – ein Ausbund an Schönheit und Intelligenz. Was nicht immer zusammen kommt. Die denkt ja richtig mit. Solche Schüler hat man gern. Die würd ich mir am liebsten ausleihen für eine neue Sendereihe, ›Leschs kosmische Katze‹. Der Kollege Schrödinger hatte ja auch eine. Sie könnte auf der Bank hier hocken, die Ohren spitzen und gescheit gucken. Was glauben Sie, wie die Einschaltquoten nach oben gingen.«

»Kommt nicht in Frage, Herr Professor. Meine Katze ist keine Wissenschaftskatze. Die bleibt hier.«

»Schad! Wenn du willst, kannst du Harald zu mir sagen. Nein, ich mein nicht Sie, ich mein Ihre Katze.« Er streckte die Hand aus der Glotze, Schlumpel streckte ihm den Kopf hin, zum Kraulen, und sagte: »Ich bin natürlich Schlumpel. Und ich bin eine Schmuddelkatz.«

So sehe sie auch aus, meinte Herr Lesch voll Hochachtung, und zu mir sagte er: »Trotzdem: Machen Sie's gut! Und verzagen Sie nicht, wenn Sie – wie ich annehme – doch nicht so ganz mitgekommen sind, am Sonntag um 20 Uhr wird die Sendung wiederholt. Bis dann: Pfüat di!«

Das galt natürlich nur Schlumpel.

Entrümpelung

»Jetzt reicht's!« befahl die gestrenge Dame in einem Ton, der keinen Widerspruch duldete. »Sie müssen Ihr Leben ändern!«

»Wirklich?« fragte ich kleinlaut.

»Unbedingt. Sie ersticken, ersaufen, blicken nicht mehr durch, nicht mehr drüber, nicht mehr drauf, nicht mehr drunter –«

»Na, na!« sagte ich.

»Sehen Sie sich doch mal bei sich um. Alles voll. Kein Platz mehr. Für nichts. Der Muff von tausend Jahren –«

»Ich bin noch nicht tausend«, sagte ich.

»Sie müssen sich trennen«, befahl die Unerbittliche. »Vom tausendjährigen Muff, Krempel, Zeugs, vom überflüssigen Überfluß, von allem, das bloß rumliegt und den Blick verstellt.«

»Was für einen Blick?« fragte ich.

»Den Blick für das Wesentliche.« Dann visierte sie den Sessel im Wohnzimmer an, Konrads Musiksessel, der in Wahrheit Schlumpels Fläzsessel ist.

»Die da rumliegt«, sagte ich, »ist Schlumpel, meine ruhebedürftige Katze, die liegt da immer drauf. Ich werde mich nie von ihr trennen. Weil sie nicht überflüssig ist und erst drei, und weil ihr Großvater mein geliebter Stoffele gewesen ist. Auch muffelt sie nicht, sie riecht gut.«

»Ich rieche nach desinfizierendem Zitronengras«, sagte die Dame.

»Schlumpel nach Katze. Sie bleibt.«

»Wenn's denn sein muß«, sagte die Dame, »doch was ich sonst noch hier sehe – und wenn ich mir erst Ihren Keller vorstelle – und Ihren Speicher –«

»Aber –«

»Damit frischer Wind in Ihr Leben kommt«, sagte sie, ganz und gar frisch, fröhlich und frei wirkend, »und es durchweht, durchbraust, durchstürmt. Sie werden aufatmen, wenn der Plunder, der sich hier überall breitmacht, erst mal weg ist. Sie machen jetzt«, sagte die Dame, »tabula rasa.«

»Was will die?« fragte Schlumpel, »warum rast die?«

»Ich soll reinen Tisch machen«, sagte ich, »und alles hinauschmeißen.«

»Entrümpeln sollst du, sollst entrümpeln!« forderte die Dame. »Erheben Sie sich also und fangen Sie gleich damit an.«

Ich schlug das Buch ›Wie entrümple ich mich? Ein Ratgeber für ein neues, besseres, freieres Leben‹ zu und ging ans Werk.

»Ich komm mit«, sagte Schlumpel erfreut, »ich will auch rümpeln.«

Oben fingen wir an. Ich habe eine Bühne, wie man hier sagt, also einen Speicher, und der ist nicht nur voll, der ist proppenvoll. Schlumpel hält sich hier besonders gern auf, sie luchst nur darauf, daß jemand vergißt, die Tür zu schließen, dann rast sie die Treppe hinauf und witscht hinein. Und weil Konrad, der aus Prinzip etwas gegen offenstehende Türen hat und jede zuknallt, damit ich den Knall auch höre und mich bessere, nie daran denkt, da könnte wer drin sein, muß sie manchmal mehrere Stunden auf der Bühne verbringen.

»Macht aber nix«, sagt Schlumpel, »dort oben ist's toll. Nicht so langweilig wie unten. Und riechen tut's auch.«

»Aber wenn du mal mußt?«

»Ecken gibt's genug.«

Die Bühne also. Gleich am Anfang stolperte ich über den Christbaumständer, aus dem die Christbaumkugeln herausrollten, die ich, statt sie vorschriftsmäßig in Seidenpapier zu wickeln, dort hineingelegt hatte in der Hoffnung, sie wickelten sich selbst ein. Schlumpel nahm sich der Kugeln an und trieb sie mit der Pfote eifrig durch die Bühne, so lange, bis eine nach der anderen sich in ein unzugängliches Loch im Zwischenboden verkrümelte, wo die Mäuse hausen und ein behagliches Leben führen. Der Christbaumständer schien mir rostig und klotzig, also weg mit dem Ding; ich legte ihn in den großen bereitgestellten Karton und öffnete den hohen Kleiderschrank, in dem Schlumpel sofort verschwand, um darin ein Nest zu bauen. In dem Schrank stapeln sich Kleider, Hosen, Blusen, die ich aufhebe, um sie wieder anzuziehen, wenn ich mal schlanker geworden sein sollte. Es sind sehr gute Stücke darunter. Da ich aber immer noch nicht besonders erschlankt bin, holte ich tief Luft und warf alles in den Karton. Schlumpel fauchte mich empört an und suchte sich ein neues Betätigungsfeld. Die Mausefalle, die Konrad aufgestellt hat, warf ich mit spitzen Fingern – ohne Maus – gleich mit hinein, in meinem Hause wird niemand umgebracht. Auch Schlumpel erledigt das Abmurksen außerhalb. Das smaragdgrüne Teegeschirr, das ich vor fünfundzwanzig Jahren mal aus Israel mitgebracht hatte und nur einmal und dann nie wieder benützt habe, weil man sich an henkellosen Bechern bös die Finger verbrennt, entsorgte ich ebenfalls und kämpfte mich anschließend bis zu den Büchern vor, die da auf dem Boden lagen, ganzen Stapeln von Büchern: meine alten Schulbücher, Lesebücher, Kinderbücher und, wie man damals sagte, Jungmädchenbücher, die ich immer geschenkt bekam, aber nie las, da ich nie ein Jungmädchen sein wollte, mir stand der Sinn nach Karl May, und ich kann noch heute den ganzen ellenlangen Namen des kleinen Hadschi Halef Omar herunterschnurren. Konrad kann das nicht, er kann dafür die ersten zwanzig Verse der ›Odyssee‹, *Nenne mir, Muse, den Mann, den weitgereisten,* natürlich in sehr melodischem altem Griechisch.

Während Schlumpel mit den zum Trocknen aufgehäuften Tannenzapfen Katz und Maus spielte, blätterte ich in den ›Deutschen Heldensagen‹, erlegte zusammen mit Siegfried den Drachen, flog mit Herzog Ernst in den Klauen des Vogel Rock über Land und Meer, fuhr in der Kutsche des märchenkundigen kleinen Heidradei am silbernen Rheinstrom entlang, ließ mir von weisen Frauen, zarten Elfen und listigen Teufeln erzählen und versank mit den Höhlenkindern im heimlichen Grund. Las dann meiner Katze das Kapitel aus ›Peterchens Mondfahrt‹ vor, in dem der garstige Mondmann Peterchen und Anneliese mit dem unübertrefflich poetischen Spruch willkommen heißt: *Bum, bum, bum, bum, hier ist der Mond, rausgeschmissen wird, wer hier nicht wohnt.*

»Ganz recht«, hörte ich die Stimme der energischen Dame, »schmeißen Sie's raus! Diese alberne Mondgeschichte ist doch der reinste Anachronismus.« Und so warf ich Höhlenkinder, die deutschen Helden und den anachronistischen Mondmann in den Karton. Schlumpel, mit der fast allen Katzen eigenen Begeisterung für Schachteln, sprang auch hinein und fuhrwerkte darin herum, daß die Fetzen flogen.

Dann stieß ich auf Konrads Skiausrüstung, die er bei mir deponiert hat, falls er mal Lust auf Langlauf kriegen sollte, aber seit er mein Leben – wenigstens zeitweise – teilt, hat er noch nie Langlauflust verspürt, die Ski sind noch von vor der Sintflut, und einer der Stöcke ist schwer verbogen. Weg damit! Seine Pudelmütze jedoch entriß Schlumpel mir, trug sie im Maul davon wie eine Trophäe und verschleppte sie hinter den Werkzeugschrank, den Konrad aufgestellt hat, wo sie mit den Krallen den Bommel aufzog. Die Marmeladengläser, die seit anno Tobak im Regal stehen, weil ich immer Gläser brauche, zum Einkochen, alle Freunde bringen mir ihre Gläser und sind froh, das Zeug loszuwerden – sie erwarten natürlich ein Glas Quittengelee zum Dank oder Erdbeer mit Banane –, ich warf sie alle weg, denn was soll ich mit Gläsern, die keinen Deckel mehr haben, soll ich meine immer kürzer werdende Lebenszeit damit verbringen, auszuprobieren, welcher Deckel auf welches Glas paßt? Ebenfalls im Karton landeten: Ein Kaffeewärmer in Form eines Hauses mit draufgestickten Fenstern und Watterauch im Kamin. Ein altes Windlicht ohne Glas. Ein sich in Auflösung befindendes Katzentransportkörbchen, aus dem ich aber erst Schlumpel herausziehen mußte, die sich mit den Krallen festhielt und nicht rauswollte, weil da uralte Katzengutsel drinlagen, mit denen der Tierarzt einst versucht hatte, meinen lieben Stoffele herauszulocken. Weg mit dem Körbchen! Und weg auch mit dem an allen Ecken verbeulten Koffer, der, wie Schlumpel fand, abenteuerlich riechenden Matratze vom Gästebett, weg mit dem Schlauchboot, in das der Zahn der Zeit gewaltige Löcher gerissen hatte, weg mit den henkellosen Töpfen und Pfannen, den ausgetrockneten Farbtuben, dem hölzernen Perückenkopf vom Flohmarkt, den ungeheuren Mengen von Großbriefkuverts – ich schreibe nie Großbriefe – und – und – und –

Alles weg!

Irgendwo ganz hinten rumorte Schlumpel

herum, die durch nichts zu bewegen war, mit mir den Speicher zu verlassen, um einen Tee zu trinken, respektive etwas mit Wasser verdünnte Sahne zu schlabbern.

Nach dem Tee gönnte ich mir ein Nickerchen, aus dem mich Konrad aufrüttelte mit der Frage, warum die Speichertür sperrangelweit offengestanden habe und was um Himmels willen in mich gefahren sei, ausgerechnet die Sachen, die man so gut brauchen könne, in diese Kiste zu werfen. Wo er in diesem Jahr doch ganz sicher dem Langlauf frönen werde. Und alte Bücher gebe man unter keinen Umständen fort, die hüte man wie seinen Augapfel. Die Matratze fürs Gästebett sei noch nicht wesentlich durchgelegen, Marmeladegläser könne man nicht genug haben, und: »Wo«, fragte Konrad, mich drohend anblickend, »ist meine liebe alte Mütz?«

»Die mit dem Bommel?«

»Diesselbe.«

»Frag doch Schlumpel.«

»Ich habe«, sagte Konrad, »alles wieder dort hingetan, wo es hingehört. Lauter tadellose Sachen. Ich versteh nicht, wie du – ich wenigstens gehöre einer Generation an, die nichts so weit wegwirft, daß man es nicht wieder holen könnte. In der Zeit nach dem Krieg wären wir froh gewesen um solch einen ausgezeichneten, massiven, unverwüstlichen Christbaumständer. Und dieser künstlerisch bestickte Kaffeewärmer tut es noch mindestens fünfzig Jahre. Dein Verhalten gibt mir zu denken. Ebenfalls zu denken gibt mir, daß ich Schlumpel seit zwei Stunden nicht gesehen habe, ein Grund zu bösen Vorahnungen. Wo steckt dieses Katzenviech bloß?«

»Schau mal auf der Bühne«, empfahl ich ihm und drehte mich um. Und wieder hörte ich die Stimme. »Tabula rasa!« mahnte die Dame. »Entmüllen Sie! Weg mit dem Ramsch! Weg mit –«

»Weg mit dir, Konrad!« sagte ich. »Mir aus den Augen! Ich bin todmüd, ich geh wieder unter.«

Als ich nach einer Stunde wieder aufgegangen war, stieg ich auf die Bühne, entschuldigte mich beim Christbaumständer, beim künstlerischen Kaffeewärmer, auf dem Schlumpel sich ein Nickerchen gönnte, bei den deutschen Helden, den Höhlenkindern im heimlichen Grund, bei Heidradei, dem kleinen Märchenkutscher, sowie bei Sumsemann, dem Maikäfer, dessen sechstes Beinchen es auf den Mond verschlagen hatte, und entsorgte statt ihrer die entrümpelungswütige Dame. Dann kroch ich in allen Ecken herum, um die Tannenzapfen wieder einzusammeln, die Schlumpel über die ganze Bühne gejagt hatte.

So ein Tag!

Bin wieder da!«

Schlumpel rollte sich auf den Rücken, streckte die Beine aus und zuckte leicht mit der Schwanzspitze. Das tut sie immer, wenn sie nicht weiß, ob sie aufstehen und mich begrüßen oder ob sie's bleiben lassen soll. Heute siegte die Faulheit. Immerhin gähnte sie mich freundlich an.

Ich war den ganzen Tag in der Stadt gewesen. Zuerst schlüpfte ich aus den Schuhen, dann machte ich mir einen erholsamen Tee, dann stolperte ich über die mitten im Zimmer liegenden Schuhe und verschüttete den Tee, dann ließ ich mich aufs Sofa fallen und legte die Beine hoch. »Was hast du heute angestellt? Erzähl mal!«

»Zuerst hab ich noch ein bißchen geruht.«

»Hätt ich auch gern getan. Und dann?«

Sie fuhr beide Pfoten ganz lang aus. »Hab ich ein Weilchen gepennt.«

»Sehr vernünftig. Und nach dem Pennen?«

»Hab ich kleine Katzenwäsche gemacht.« Und schon fing sie wieder mit der Schleckerei an.

»Kann nie schaden. Hinterher warst du bestimmt putzmunter.« Ich fand meine Formulierung sehr witzig.

»Dann bin ich ein bißchen untergegangen.«

»So?«

»Und dann wieder aufgegangen.«

»Das freut mich. Danach hast du bestimmt –«

»Mich ein paarmal rumgerollt.«

»Im Gras?«

»Auf meinem Sessel.«

»Aber ich hab doch das Kellerfenster für dich offengelassen, damit du rein- und rauskannst.«

»Draußen hat's geregnet«, sagte Schlumpel empört, »hätt ich vielleicht ohne Schirm – den hast du ja mitgenommen.«

»Und stehenlassen. Beim Zahnarzt.«

»Ich hab noch nie einen Schirm irgendwo stehenlassen«, sagte Schlumpel. »Ich, als Katze, renn nicht im Regen rum, ich bin doch nicht blöd. Ich bin dringeblieben und hab mich geräkelt. Und ein bißchen geschnurrt. Weil's draußen naß war und drinnen schön trocken. Ich tu's noch mal für dich.« Sie schnurrte wie aufgezogen.

»Und nach dem Geschnurre?«

»Hab ich drüber nachgedacht, was ich alles nicht tu. Einen Haufen Sachen. Nicht auf der

Weide rumklettern. Seppi nicht verhauen. Fritzle nicht scheuchen. Den Maulwurf auf der Wiese nicht besuchen. Das Vogelbad nicht leertrinken. Nicht am Efeu raufklettern zum Vogelgucken. Ziemlich anstrengend, das alles nicht zu tun. Ganz fertig bin ich.«

»Ich glaub's«, sagte ich mitfühlend.

»Drum hab ich hinterher dringend meine Ruh gebraucht.«

»Das seh ich ein. Und nach dem Ausruhen?«

»War ein Nickerchen fällig.«

»Selbstverständlich. Und nach dem Nickerchen?«

»Kleines Päuschen. Ist doch klar.«

»Sonnenklar. Und nach dem Päuschen?«

»Dann«, sagte Schlumpel – »hab ich den Schwanz auf die andere Seite gelegt. Er braucht ja auch mal eine Abwechslung.«

»Kann ich verstehen. Und dann?«

»Hab ich ein kleines Forellenhäppchen genommen. Man muß doch wieder zu Kräften kommen, oder?«

»Das seh ich auch so. Aber nach dem Häppchen hast du hoffentlich einen Verdauungsspaziergang gemacht?«

»Hab ich«, sagte Schlumpel. »Zum Sessel. Ich leg mich drauf, roll mich zusammen – und schon geht's los.« Ihre grünen Augen funkelten. »Der rennt vielleicht!«

»Wer?«

»Der Gestiefelte Kater. Jemand ist hinter ihm her. Wie wild.«

»So? Wer denn?«

»Konrad.«

»So wild kenn ich den gar nicht. Was wollte Konrad vom Gestiefelten Kater?«

»Seine Stiefel. Her damit! brüllt er, mit sehr lauter und sehr donneriger Stimme, ich frier am großen Zeh! Da spring ich auf seinen Kopf. Ich kratz ihn. Er brüllt noch mehr. Ich kratz noch mehr. Und auf einmal brüllt er nicht mehr. Konrad ist –«

»Hin? Du hast ihn umgebracht! Ja, mußte das denn sein?«

»Nix umgebracht.« Sie schlägt mit den Tatzen in die Luft. »Auf einmal ist Konrad kein Konrad mehr, er ist ein Gockel. Den rupf ich ein bißchen. Mitten im Rupfen wach ich auf.«

»Das erklärt die herausgerissenen Fäden«, sagte ich. »Die muß ich morgen mühsam wieder hineinziehen. Doch daß Konrad zwar fern von uns, aber noch unter uns weilt, dazu ungerupft, freut mich doch sehr. Ihn bestimmt auch. Und dann?«

»Bin ich ganz erschöpft und muß mich ein bißchen hinlegen. Ins Bett.«

»In welches?« sagte ich mißtrauisch und ahnungsvoll zugleich.

»In das Konrad-Bett. Da ist viel Platz. Unten im Bett sind Socken.«

»Die hab ich ihm geschenkt. Weil er so oft kalte Füße hat.«

»Drum war er ja auch hinter den Katerstiefeln her. Die sind innen nämlich schön warm. Oben friert er bestimmt auch. Weil er ja nur noch ein paar erschütterte Haare hat. Ich hab ihm einen Floh dagelassen. Und eine Feder, die ich ihm hinten rausgerupft hab. Damit er sich freut.«

Ich beschloß, die Kuhle, die Schlumpel in Konrads Bett hineingelegen hatte, erst am nächsten Tag zu glätten und dem Floh noch eine Chance zu geben, sich aus dem Staub zu machen.

»Für mich war's auch anstrengend«, sagte ich, »aber für dich noch viel mehr. Morgen gehen wir's langsam an. Da ruhen wir uns mal gründlich aus.«

Schlumpel machte einen langen Hals. »Hast du mir was mitgebracht?«

»Klar. Fast hätt ich's vergessen. Einen schwarzen Kater. Der kommt vor die Haustür, auf den kannst du dich drauflegen, wenn gerade keiner da ist, der dich reinläßt.« Ich zeigte ihr den ästhetisch sehr hochstehenden Türvorleger, den ich für sie gekauft hatte. Von der aus Kokos geflochtenen halbrunden Matte blickte würdevoll ein schwarzer Kater. Er war ganz schön teuer gewesen, aber er glich ein bißchen meinem lieben seligen Stoffele, und für den – und natürlich für Schlumpel – ist mir nichts zu teuer.

»Rutsch mal!« sagte Schlumpel zu dem Schwarzen, der rutschte ein bißchen, sie legte sich neben ihn und knickelte die Vorderpfoten ein. Ein hübsches Paar, die beiden Müffchenmacher!

Dann rief ich noch schnell Konrad an, der aushausig weilte, sagte seinem Konservenknülch, wie ich den Anrufbeantworter nenne, wie froh wir seien, daß es ihn noch gebe – nicht ihn, den Knülch, sondern Konrad –, und wünschte ihnen beiden eine gute Nacht, auch Schlumpel schließe sich dem an und unser schwarzer Kater ebenso.

»War wieder mal ein allerschönster Lebenstag!« Schlumpel machte einen großartigen Buckel, auch der Schwarze buckelte genüßlich. Dann gingen wir alle drei mit gutem Gewissen unter.

Vom Denken

Da ich gerade kein gutes Buch fand – es stehen so viele gute Bücher hier herum, daß ich mich für keins entscheiden konnte –, zappte ich mich durchs Fernsehprogramm. Und schon ging's los:

»Ich denke mal«, sagte der Parteivorsitzende, »daß die Menschen draußen im Land meine Meinung teilen.« Guckte erst nach rechts, dann nach links, dann gradaus. Sehr staatsmännisch.

»Du denkst? Nicht mit mir.« Zapp!

»Wir werden«, sagte der Bundestrainer, »dieses Spiel gewinnen, denke ich.«

»Verschwinde!« Zapp!

Frau Heidenreich lächelte mich drohend an. »Ich denke, dieses Buch müssen Sie einfach lesen. Na, wird's bald?«

»Kein Mensch muß müssen.« Zapp!

»Ich denke«, sagte der Kardinal, »Gott will, daß wir uns an seine Gebote halten, es sind ja nur zehn.« Er hielt für alle, die in Mathematik nicht so gut waren, beide Hände hoch, mit gespreizten Fingern.

Zapp! Zapp! Zapp!

Dann dachten noch ein paar. Der Sportreporter dachte, daß das Tor keins gewesen sei, der Fernsehdoktor dachte, daß man mehr Radieschen essen müsse, der Wetterfrosch dachte, daß es morgen Katzen hageln werde oder auch nicht.

Ich schaltete aus. »Jetzt reicht's!«

»Was reicht?« fragte Schlumpel, die an der plötzlichen Stille erwacht war. Sie lag neben mir auf der Seite und stemmte, wie sie es gern tut, alle vier Pfoten gegen mein Bein.

»Die Denkerei. Eine Seuche ist das.«

»Dann mach doch ein Nickerchen.« Sie streckte und reckte sich ausgiebig.

»Nicht ich hab gedacht, sondern die Leute im Fernsehen. Heute denken nämlich alle.«

Schlumpel beißelte ganz vorsichtig an meinen Fingern. »Ist das schlimm?«

»Eigentlich nicht. Aber sie sagen es ununterbrochen. Kein Mensch kann heute mehr einen normalen Satz sagen ohne ›ich denke‹ drin. Geradezu eine Inflation, die allgemeine Denkerei.«

Schlumpel machte einen schönen Katzbukkel.

»Früher«, sagte ich erbittert, »konnte man, ohne sich zu genieren, sagen, daß man etwas glaube, etwas vermute, etwas so oder anders finde oder daß man dieser oder jener Meinung sei. Heute meint, glaubt, fühlt, vermutet keiner mehr was. Niemand nimmt mehr etwas an oder ist einer Meinung. Es heißt: Ich denke, ich hab Durchfall. Den merkt man auch ganz ohne Denkerei.«

»Warum denken alle dauernd?« fragte Schlumpel.

»Irgendein Hansel hat mal damit angefangen, und –«

Es klingelte. Der Postbote brachte mir ein Paket. »Ich denke«, sagte er freundlich, »das ist für Sie.«

Es war aber für den Nachbarn. »Denken Sie weniger«, sagte ich, »und gucken Sie dafür lieber auf die Adresse.« Und haute ebenso freundlich die Tür zu.

»Wer war der erste Denkhansel?« fragte Schlumpel, die sich gerade den Rücken schleckte, was sie immer provozierend tut, um mir zu demonstrieren, daß ich das nicht kann, weil ich nicht um mich herumkomme und meine Zunge nicht lang genug ist.

Ich holte mit sicherem Griff ein Buch, eins von den vielen guten, aus dem dritten Regal von oben. Früher mußte ich ewig suchen, heute ist die Zeit der Sucherei vorbei, denn der heilige Konrad hat Ordnung, ich meine, Konrad hat heilige Ordnung nicht nur in mein

Leben, sondern auch in meine einst ebenso chaotischen Bücherregale gebracht.

Ich blätterte in dem Buch herum. »Der hier! Das ist Monsieur Descartes, Vorname René.«

Schlumpel ging auf Abstand. »Wie der guckt! Kein bißchen lustig. Unvertraulich guckt der.«

Unvertraulich fand ich durchaus zutreffend.

»Ist ihm eine Maus durch die Lappen gegangen?«

Ich nickte. »Immer wieder. Die Maus heißt Wahrheit.«

»Hinter der rennt er her?«

»Er rennt nicht. Er rannte.«

»Ist er hin?« fragte Schlumpel ohne allzu großes Bedauern.

»Er weilt seit ein paar hundert Jahren in der Unsterblichkeit, wie alle Wahrheitsmäusesucher.«

»Hat er sie erwischt, diese wahre Maus?« Sie machte einen langen Hals und beschnüffelte Monsieur Descartes äußerst vorsichtig, mit dem angeborenen gesunden Mißtrauen eines in sich ruhenden Geschöpfs einem zweiflerischen, unvertraulich wirkenden Geist gegenüber. Der zweiflerische Geist verzog das bedeutende Gesicht, er liebte es wohl nicht besonders, beschnüffelt zu werden.

»Er hat sie erwischt. Das heißt, er hat eine erwischt.«

»Wie hat sie geschmeckt?«

»Weiß nicht. Wahrheitsmäuse, hört man, schmecken nie so toll.«

»Wegen der Galle«, erklärte Schlumpel. »Die ist nämlich bitter, drum pult man die vorher raus. Der hat viel mehr Fell auf dem Kopf als Konrad, der Mäusesucher«, stellte sie dann fest. »Aber sein Schnurrbart kann einem leid tun. Richtig bedauerlich ist der.« Sie drehte sich so, daß ich die Überlegenheit des schlumpelschen Schnurrbarts über den cartesianischen bewundern konnte, was ich auch ausgiebig tat.

»Schnurrbartmäßig bist du ihm über«, sagte ich, »aber immerhin verdanken wir Monsieur Descartes einen sehr bedeutenden Satz, den, wenigstens zu meiner Zeit, jeder Schüler auswendig wußte.«

Schlumpel wollte den gescheiten Auswendig-Satz auch wissen.

»Das war so«, sagte ich. »Monsieur Descartes hatte ständig das Gefühl, nicht auf sicherem Boden zu stehen.«

»Hat er gewackelt?« fragte Schlumpel.

»Sozusagen. Weißt du, wir Menschen tun uns schwer damit, zu glauben, daß es uns gibt. Das ist uns zu einfach, da könnt ja jeder Dahergelaufene behaupten: Alle mal hersehen, alle mal herhören, ich sag euch was: Es gibt mich. Wir dürfen uns nicht auf unsere Augen und Ohren verlassen, erklärte Monsieur Descartes, wir brauchen Beweise dafür, daß es uns wirklich und wahrhaftig gibt.«

»Vielleicht hat er seine Augen und seine Ohren nicht immer richtig geputzt«, sagte Schlumpel, zwickte die Augen zu und fuhr mit ihrer abgeschleckten Pfote ein paarmal darüber. »Das hätt ihm jede Katz sagen können.«

»Jedenfalls hat er eines Tages so einen Beweis gefunden, den einzigen, auf den er sich verlassen wollte, nämlich –«

»Seine Katze?«

»Monsieur Descartes war nicht gerade, was man einen Katzenfreund nennt. Er meinte einen anderen Beweis: das Denken.« Ich tippte auf Monsieurs Kopf, ich meine, Haupt.

»Denkt der mit dem Kopf?«

»Und wie!«

Schlumpel musterte den großen Denker von oben herab. »Ich denk mit dem Kopf und dem Schwanz und den Ohren und den Pfoten. Mit allem, was ich so hab. Ich bin eine Rundherumdenkkatze. Eine denkende Rundherumkatze. Eine Denkherumkatze. Er denkt nur oben. Find ich nicht so toll!«

Ich fuhr fort: »Nur das Denken, behauptete er, sei der Grund, auf dem er stehen könne.«

»Ohne zu wackeln?«

»Ohne zu wackeln. Und jetzt kommt der berühmte Satz: *Cogito ergo sum.* Das ist lateinisch und heißt: *Ich denke, also bin ich.*«

Schlumpel fand den gescheiten Satz gar nicht so gescheit. »Mich gibt's auch so. Da muß ich nicht erst drüber nachdenken.«

»Aber weil der alles bezweifelnde Monsieur Descartes zweifellos ein gescheites Haus war und wirklich viel Kluges gedacht hat, hatte er es nicht nötig, das in jedem weiteren Satz in die Welt hinauszuposaunen wie die Denkhansel von heute. Für die kann er nix.«

»Kennen die den alle?« fragte Schlumpel.

»Aber nein. Monsieur Descartes ist der letzte, an den sie dabei denken.«

»Warum sagen sie's dann immer?«

»Weil sie nix denken. Irgendeiner hat es mal gesagt, um sich aufzuplustern, und nun plustern und plappern es ihm alle nach.«

Schlumpel starrte in Monsieur Descartes' etwas stechende Augen. »Ich glaub nicht, daß der schnurren kann.«

»Ein ausgesprochener Schnurr-Typ ist er allerdings nicht«, gab ich zu.

Schlumpel hob die Pfote. »Sag ihm, ich sag ihm auch was!«

»Meine Katze, Schlumpel heißt sie, möchte Ihnen etwas mitteilen, Monsieur.«

»Was Wichtiges«, sagte Schlumpel. »Hab ich nicht nötig, die ganze Denkerei.« Und dann sagte sie ihm sehr laut mitten ins bedeutende Gesicht: »Ich schnurre, also bin ich.«

»Schlumpel«, sagte ich, »das geht nicht! Dieser Satz steht mittlerweile in allen besseren Katzenbüchern, einer schreibt ihn vom andern ab. Den lassen wir weg.«

»Ich schnurr aber trotzdem«, sagte Schlumpel.

»Auch wenn's schon irgendwo steht.«

Wo Schlumpel recht hat, hat sie recht. Und da meine Katze grundsätzlich keine Katzenbücher liest, mußte es ihr gerade erst eingefallen sein. Liegt ja auch nahe, daß man, als Katze, auf so was kommt. »Ich belle, also bin ich«, würde ein Hund sagen, »ich klettere, also bin ich«, Herr Reinhold Messmer, »ich grunze wild, also bin ich«, eine Wildsau und ein Jammerlappen »ich jammere, also bin ich«. Ich ließ den Satz, trotz Vielzitiertheit, also wieder zu.

»Sag's ihm!« forderte Schlumpel.

»Latein versteht er besser als Katzisch.« Und so übersetzte ich, nicht ohne Vergnügen und meine Lateinkenntnisse zusammenkratzend: »Schnurro ergo sum.«

Descartes zog überrascht und mißbilligend

zugleich die buschigen Augenbrauen hoch. »Sie sagten?«

»Schnurro ergo sum«, wiederholte ich. »Eigentlich sagt das meine Katze.«

»Schnurro?«

»Na ja, ich kenn das lateinische Wort nicht für ›schnurren‹. Wissen Sie's vielleicht?«

Descartes zog die Denkerstirn in Falten. »Fremo«, vernahm ich nach kurzer Pause.

»Merci. Also: Fremo ergo sum.«

Er hob die Stimme. »Cogito ergo sum!«

Ich hob auch: »Fremo ergo –«

»Cogito –«

»Fremo –«

Schlumpel war aber noch nicht mit ihm fertig. »Und sag ihm, ich, als Schlumpel, steh nicht auf den Gedanken herum, ich steh auf meinen Pfoten. Da steh ich gut. Weil ich vier Stück hab. Er nur zwei. Daran liegt's. Nur mit zwei bedauerlichen Pfoten würd ich auch unvertraulich wackeln. Und ich putz immer schön meine Augen und Ohren. Damit kein Zweifel an denen bäbbt. Über seine Augen und Ohren hängen Haare, da kann er ja nix hören und sehen. Und ich erwisch nicht nur eine Maus, ich erwisch jede.«

Meine kleine Katze drehte dem großen Denker den Hintern zu. Und ich schickte Monsieur Descartes zurück ins Regal zu Platon,

Augustinus, Machiavelli, Schopenhauer und noch ein paar anderen bedeutenden Suchern von Wahrheitsmäusen. Aus purer Gemeinheit gab ich ihm noch einen Satz mit, den ich bei dem Dichter Ernst Penzoldt mal gelesen hatte: *»Einer Katze zuzusehen erweckt in uns die gleichen angenehmen Empfindungen wie das Denken eines schönen Gedankens* ... Ich finde, das hat er ganz unübertrefflich formuliert, Monsieur«, sagte ich nicht ohne Befriedigung. »Darauf wären Sie bestimmt nie gekommen. Und es ist unwiderlegbar.«

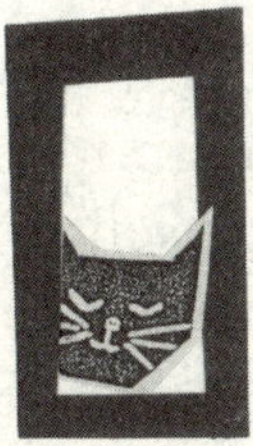

Das Wort zum Sonntag

Auf den Samstag folgt, so ist's bei uns Brauch, der Sonntag, aber vor dem Sonntag kommt noch schnell das ›Wort zum Sonntag‹. Im Fernsehen. Vor dem ›Wort zum Sonntag‹ kommt der Samstagskrimi, und wenn alle hin sind, erscheint auf dem Bildschirm ein zumeist sanft blickender Mensch, schüttelt bekümmert den Kopf und wischt mit seinem Taschentuch die Blutflecken von der Mattscheibe. Dann setzt er sich, macht ein modernes Gesicht, damit man nicht gleich sieht, was er für einer ist – man sieht und hört es aber trotzdem sofort, wenn er den Mund auftut –, und dann spricht dieser Mensch das ›Wort zum Sonntag‹.

Ich gucke gern ›Das Wort zum Sonntag‹. Ich weiß nicht recht, warum, wahrscheinlich aus alter Anhänglichkeit, weil wir es als Kinder manchmal hören und sehen durften oder mußten, wegen seiner erhofften Wirkung aufs Gemüt. Die Wirkung hielt sich aber stets in Grenzen, vor allem, weil der Mensch auf dem Bildschirm gern Wörter gebrauchte, die ich nicht verstand, wie *Transzendenz* und *Teleologie* und *Seinsgrund*, Wörter, die der heutige Bildschirmmensch – mit Ausnahme von Herrn Drewermann – aber nur noch selten in den Mund nimmt, um mich als Zuschauer nicht zu überfordern, und sich auch nicht. Der heutige Wortzumsonntägler ist einer von denen, die, um ja nicht rückständig zu wirken, gern »okay« sagen, oder er sagt »cool«, oder »sorry«, wenn ihm was leid tut, und ich pflege ihm dann zu versichern, wegen mir bräuchte er nicht so global daherzuquasseln, ein schlichtes »Entschuldigung« wäre mir lieber.

Doch nach dem wilden Krimi, den ich mir ab und zu gönne, obwohl ich mir jedesmal schwöre, nie mehr würde ich so einen Blutrausch ansehen, wo die Kamera immer ganz deutlich und detailverliebt den Zustand zerfetzter Gliedmaßen, in Todesangst verzerrter Gesichter und verrotteter Leichen vorführt, ist so ein Sonntagswort ganz angenehm, es beruhigt einfach. Der Mensch, der das Wort zum Sonntag spricht, sieht ja auch immer sehr sympathisch aus, der will mir nichts Böses. Und es ist keine laute Musik dabei, was ich besonders genieße, die Abwesenheit von Brüllmusik ist geradezu das Schönste am ›Wort zum Sonntag‹. Allerdings bin ich mir ziemlich sicher, daß auch die Gottesmänner und Gottesfrauen im

Zuge gnadenloser Modernisierung und Aktualisierung draufkommen werden, daß eine möglichst laute musikalische Untermalung das Gotteswort erst ins rechte Licht – ins rechte Ohr – setzen könnte. Aber dann ohne mich.

»Was hat er gesagt?« fragte Schlumpel, die auf meinem Schoß den Krimi verpennt hatte.

»Er hat gesagt, warum wir auf der Erde sind.«

»Kann kann ich dir auch sagen.«

»So? Dann mal los!«

»Wir sind«, sagte Schlumpel, »verschieden da. Ich als Katz, du nur als Mensch.«

Das war mir zu hoch. Aber die Spitze entging mir nicht.

»Du bist da, um mich zu streicheln, mir immer die Büchsen aufzumachen, und wenn ich spucke, mußt du saubermachen und dabei sagen: Ach, du arme liebe kleine Katze, so ein schlimmes Bauchweh!«

»Er hat was anderes gesagt. Einen Satz, den haben wir im Religionsunterricht auswendig lernen müssen, der sitzt fest in meinem Kopf drin: *Wir sind auf Erden, damit wir Gottes heiligen Willen tun und dadurch in den Himmel kommen.* Das ist der erste Satz im Katechismus.«

»Sag ich ja.«

Ich sah das nicht ganz so.

»Glaubst du, der liebe Gott will, daß du keine Büchsen für mich aufmachst? Daß du mich nicht hinter den Ohren streichelst? Daß du das Gespuckte nicht wegputzt, wie neulich, wo ich in Konrads Bett – weil die Maus nicht mehr so frisch war –?«

»Mit Bauchweh, Spucken und Fleischbüchsen gibt sich der liebe Gott in seiner Erhabenheit nicht ab«, sagte ich.

Schlumpels Schwanzspitze fuhr empört hin und her. »Soll ich verhungern? Soll ich an Bauchweh eingehen? Ungestreichelt und so? Will er das?«

»Natürlich nicht.«

»Na also.« Schlumpel machte eine lange Pfote und hakelte nach den Fransen der Couchtischdecke.

»Laß das! Aber –«

»Nix aber. Sag's ihm!«

»Ich? Was? Wem? Dem lieben Gott?«

»Dem da.« Gemeint war der fromme Mann, der zweifach im Bild war, einmal auf dem Bildschirm, und dann sowieso, kraft seines Amtes, der sich von unserem Geschwätz nicht aus dem Konzept hatte bringen lassen und munter weiterredete. »Sag ihm, wozu du da bist. Damit er's weiß.«

»Ich fürchte, der sieht das nicht so.«

»Weil er keine Katz hat?«

»Es geht nicht um Katzen, zum Donnerwetter, es geht um Menschen und um die letzten Seins- und Sinnfragen.«

»Es geht immer um Katzen«, sagte Schlumpel empört. »Katzen sind wichtiger als das ganze letzte Zeugs.« Sie plusterte den Schwanz auf. »Der Kerl hat keine Ahnung, wozu man da ist. Frag lieber mich.«

»Von mir weiß ich's ja schon, ich bin dein Personal. Aber wozu bist du auf Erden, Schlumpel?«

»Blöde Frage. Ich bin da –«

»Na?«

»– damit ich da bin. Das reicht.« Erst gähnte sie und zeigte ihre rosa Zunge, dann hob sie die Pfote und strich damit ganz zart über meine Hand. »Wenn ich nicht da wär, wo ich bin, wär da ein Loch. Tät dir das gefallen?«

»Nein«, sagte ich, »ein Loch anstelle meiner Katze tät mir nicht gefallen.«

Schlumpel dehnte, reckte und streckte, räkelte und fläzte sich und führte dem frommen Mann eindrucksvoll vor, wie man aus Katzensicht das Leben genießt.

»Na?« sagte ich. »Reicht Ihnen das auch?«

Er hob die Brauen, runzelte die Stirn, hüstelte, holte tief Luft und sagte, das reine unreflektierte Dasein halte er für keinen ausreichenden Grund für unsere irdische Existenz, weil es jeglicher Transzendenz entbehre. Dann wünschte er mir eine gute Nacht. Und weil er gesehen hatte, daß ich zum Kästchen griff und den Finger auf die Aus-Taste legte, fügte er noch schnell hinzu, er könne es nur nochmals wiederholen, wir seien ganz klar auf Erden, um Gottes heiligen Willen zu tun und dadurch in den Himmel zu kommen, da beiße, sorry, die Maus keinen Faden ab. Er leierte den Satz so herunter wie der Mann im Werbefernsehen, der mir allabendlich in einem Affenzahn rät, bei Risiken und Nebenwirkungen meinen Arzt oder Apotheker zu befragen.

»Gibt's Mäuse im Himmel?« fragte Schlumpel, schon halb im Schlaf.

»Nur getaufte«, sagte der Mann, weil die Aus-Taste vom Fernbedienungskästchen wieder mal nicht funktionierte; das liegt nämlich, obwohl ich es mit Tesafilm verpflastert habe, damit es nicht auseinanderfällt, in den allerletzten Zügen. Und er rechne, sagte er noch, bevor er im Äther verschwand, auch am nächsten Samstag schwer mit unserer Anwesenheit.

Dann war Ruhe. Der Mond hockte in der Birke, die Deckenbalken knarrten, die Mäuse trippelten ungetauft über den Speicherboden. Wir saßen noch ein bißchen auf dem Sofa, einfach so, spielten das beiderseits beliebte Tatzelspiel, bei dem jeder versuchte, dem anderen, allerdings nur maßvoll, auf die Pfote zu hauen, wobei sie meine Pfote fast jedesmal traf, ich ihre aber nie, und genossen dann streichelnd und schnurrend und ganz ohne jegliche Transzendenz das reine unreflektierte Dasein.

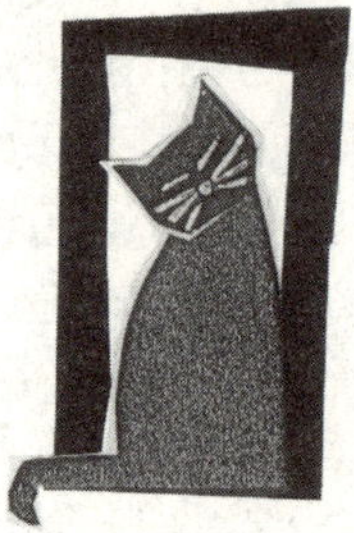

Ich bin mein Volk!

Du hockst bloß rum«, sagte Schlumpel. Es klang nicht lieb. Es klang grantig.

»Ich hock nicht rum, ich les die Zeitung.«

Schlumpel haute dem Korken, den Konrad an eine Schnur gebunden und an der Musiksessellehne befestigt hatte, eine herunter. Der Korken, vielmehr die Schnur, wickelte sich verwirrt ein paarmal um das Musiksesselbein. Schlumpel sprang ihn von der Seite an. »Keiner spielt mit mir.«

»Doch. Der Korken.«

Schlumpel riß den Korken von der Schnur; der rollte erschrocken in Richtung Truhe. Sie verfolgte ihn und trieb ihn durchs Zimmer. Ich widmete mich der Lektüre. Schlumpel wollte, daß ich mich ihr widmete. »Was sagt sie denn, die Zeitung?«

»Sie sagt gerade was über die Gewerkschaften.«

Der Korken stellte sich tot, weshalb Schlumpel das Interesse an ihm verlor. Sie sprang auf den Tisch und legte sich auf den Wissenschaftsteil der Zeitung. Darin unterscheidet sie sich von allen Katzen, die ich kenne. Katzen hassen Zeitungen, so steht's auch in sämtlichen klugen Katzenbüchern, am meisten hassen sie das Geräusch, das entsteht, knüllt man Zeitungen zusammen. Meine Schlumpel aber ist süchtig nach Zeitungen. Liegt eine herum, legt sie sich drauf, beschnüffelt sie und gerät in Ekstase, fast wie bei einem Strauch Katzenminze, Gott weiß warum.

»Was sind Werkschaften?« Schlumpel wälzte sich auf dem frisch gekürten Nobelpreisträger für Physik hin und her.

»Wenn man was haben will, passiert es oft, daß man es nicht kriegt. Was macht man da?«

»Ohren zurücklegen. So!« Sie demonstrierte es mir.

»Und wenn's nicht hilft?« fragte ich.

»Mit dem Schwanz von einer Seite zur anderen peitschen. So!«

»Und wenn das auch nicht hilft?«

»Pfoten strecken, Buckel machen, Haare sträuben und sich so hinstellen, daß man von der Seite gesehen wird. Dann sieht man nämlich größer aus. So!«

»Und wenn's immer noch nicht hilft?«

»Man faucht und zischt und knurrt. So!«

»Und wenn auch das vergeblich ist?«

»Dann spuckt man.« Schlumpel wurde zu einem eindrucksvoll spuckenden Wutbündel.

Ich kam ins Schwitzen. »Und wenn –«

Schlumpel zerfetzte zuerst den Nobelpreisträger, dann Bayern München und machte auch vor Michael Schumacher nicht halt, für meine Empfindung ganz zu Recht, weil ich Leute nicht mag, die eine Schirmmütze tragen, nicht ahnend oder ignorierend, wie blöd sie darunter aussehen.

»Leider verbietet uns Menschen unsere gute Erziehung, den Gegner in Teile zu zerlegen. Es würde auch gar nichts nützen. Sonst kriegt man nicht, was man will. Der Mensch knurrt, faucht und spuckt nicht. Der Mensch überlegt –«

»Wie man rankommt?« Schlumpel saß in einem Nest aus Zeitungsfetzen.

»Richtig. Er sagt sich: Einigkeit macht stark. Man sucht sich jemand, der dasselbe will. Dann sind's schon zwei. Dann noch jemand. Und noch jemand. Und wieder jemand. Bis man genug beisammen hat, die alle dasselbe wollen. Das nennt man eine Gewerkschaft.«

»Und dann?«

»Geht man zu dem, der das hat, was man gern haben will, oder der das Sagen hat, stellt sich hin, und alle rufen: ›Wir wollen mehr Geld!‹ Oder: ›Wir wollen weniger schaffen!‹ Oder: ›Wir sind dagegen!‹ Oder: ›Wir machen nicht mehr mit!‹ Oder: ›Jetzt reicht's aber!‹ Oder: ›Mehr Ferien!‹«

»Und dann?« fragte Schlumpel interessiert.
»Haut man auf den Putz.«
»Hau mal!«
»Ich haue nicht, weil das mit Krach verbunden ist, und Krach ist mir zu laut. Wer auf den Putz haut, der hofft, daß er kriegt, was er will.«
»Wenn man's aber nicht kriegt?« fragte Schlumpel.
»Schlägt man noch mehr Krach.«
»Wenn man's aber immer noch nicht kriegt?«
»Kracht man weiter. Irgendwann kriegt man's dann schon. Meistens funktioniert das. Heut nacht wird's laut. Sagt der Wetterfrosch. Ein Gewitter.«

Konrad pustete, schnarchelte und pfiff; ich lag neben ihm im Bett und lauschte, aber nicht auf ihn, sondern auf mein Haus, dem es gefällt, nachts mir zuliebe seltsame Geräusche zu machen, da ist es wie ein kleines Kind, das »buh!« schreit. Ich lauschte und lauschte also, sagte: gib endlich Ruh! zu meinem Haus, ich wälzte mich im Bett herum. Aber irgendwann gab das Haus Ruh. Dann kamen neue Geräusche, diesmal durchs Fenster: ein Knistern und Knastern, ein Knacken und Trippeln und Tippeln. Horch, was kommt von draußen rein? sagte ich zu mir. Ich sah zum Fenster, rieb mir die

Augen, sah wieder hin und sah und sah an weißer Wand, wie Belsazar in seinem Königssaal in Babylon, vielmehr, über weißer Wand, sah aber keine Buchstaben von Feuer, sondern Augen von Feuer, funkelnde Gluhaugen, die starrten mich an, wilde, grüne Schlumpelaugen, ich starrte zurück, und dann ging's los: ein Kreischen und Maunzen, daß Gott erbarm. Und flugs sprang ich aus dem Bett, rannte zum Fenster und sah die Bescherung, sah Schlumpel, meine Katze, die auf den Schultern einer anderen Katze stand, die andere Katze war Seppi, der flotte Nachbarskater, Seppi stand auf Fritzle, dem halben Perser, Fritzle auf Pimsel, Pimsel auf Othello, dem bulligen, kurzbeinigen Untermann. Wie die Bremer Stadtmusikanten, wenigstens fast.

»Ruhe!« schrie ich. »Was soll der Krach?«

»So geht's nicht weiter!« hörte ich eine Katzenstimme, und: »Es reicht!« eine andere, und: »Wir wollen Sheba!« eine dritte, und: »Mehr Vitamine für alle!« eine vierte. »Häppchen an Soß, nicht klein, sondern groß!« schrie ein sowieso schon dicker Katermops, den ich noch nie hier gesehen hatte, »Frischen Fisch auf den Tisch!« erscholl es, »Und bist du nicht willig, so brauchen wir G'walt!«

»Ich hab hier das Sagen!« schrie ich. »Was ins Schüsselchen kommt, bestimm ich.«

»Wir sind das Katzenvolk!« erklang es nun im Chor. »Wir sind das Katzenvolk! Wir sind –«

»Blödes Volk!« schrie ich, etwas unvornehm, wie ich zugebe. Aber die Situation rechtfertigte, wie ich meine, den Ton.

Und dann hauten sie auf den Putz, dann brach ein Höllenlärm los, begann ein schauerliches Konzert, als ob tausend Kater aufeinander losgegangen wären mit der festen Absicht, sich zu zerfleischen. Sie gingen aber nicht aufeinander los, sondern auf mich, das heißt, auf meine armen Ohren, so laut, daß die es nicht mehr aushielten und abfielen wie Blätter vom Baum, sie taumelten, tanzten in der Luft, fielen zu Boden, und das Katzenvolk stürzte sich darauf. Sie stritten sich und kämpften um meine Ohren, zogen sie lang, zerrten daran, und dann sah ich, wie Schlumpel – meine Schlumpel! – mein armes rechtes Ohr im Maul davontrug, und dann fraß sie es genüßlich, und kein Fitzelchen blieb übrig. »Schlumpel«, schrie ich, »das hätt ich nie von dir gedacht!« Und dann sangen die Katzen wieder im Chor, aber was sie sangen, konnte ich, weil entohrt, nicht hören. Dem Rhythmus nach, den sie mit den Schwänzen auf den Boden klopften, hätte es die ›Internationale‹ sein können, Menschen, hört die Signale, dann erhoben sich Katzen und Kater in die Lüfte, meine Schlumpel allen voran, sie hockten auf ihren Schwänzen wie auf einem Besenstiel, sie flogen ums Haus herum, immer wieder, ums Haus oder um meinen Kopf, und dann sagte Konrad: »Beweg dich nicht, gleich hab ich sie«, ich hörte es klatschen, ich langte an den Kopf, spürte meine lieben vertrauten Ohren, Konrad sagte »hier!« und präsentierte mir auf dem Muckendatscher die Reste einer Wespe und wunderte sich, als ich sagte: »Aber in die Gewerkschaft kommt die mir nicht.«

»Kann sie nicht mehr«, sagte Konrad, »in dem Zustand. Wieso Gewerkschaft?«

»Ich meine Schlumpel.«

Konrad sah mich kopfschüttelnd an, gähnte herzhaft, meinte, er brauche noch eine Mütze voll Schlaf, zog sich die Schlafmütz über die Ohren – wenn die Nächte kühler werden, trägt er eine solche, und sie steht ihm gut –, dann ging er unter.

Der Katzenschlenkerer

»Für dich, Schlumpel!« sagte ich. »Vom Doktor.«

Der Doktor ist ein Freund des Hauses, der gelegentlich, wenn Konrad und ich eine Luftveränderung brauchen, Haus und Katze hütet und während dieser Zeit alle Musikaufnahmen kopiert, die Konrad gemacht hat. Und er ist ein Verehrer Schlumpels. Die Verehrung ist allerdings einseitig, denn Schlumpel verehrt ihn kein bißchen, im Gegenteil, sie sieht in ihm ein wandelndes Abschreckungsmittel für Katzen. Wenn er im Zimmer ist, betritt sie es nicht, hockt wie eine Statue vor der Balkontür, starrt ihn an und versucht, ihn wegzudenken. Wenigstens deuten ihre flach angelegten Ohren und die vibrierende, leicht zuckende Schwanzspitze dies an. Ich vermute, der Grund für ihre Abneigung liegt in seinem Rasierwasser, das sie verabscheut, und dann in des Doktors losem Mundwerk; so versprach er ihr einmal, er werde sie am Schwanz im Kreis herumschlenkern. Wobei er es ihr überlasse, ob sie lieber rechts- oder linksherum geschlenkert werden wolle. So was sagt man nicht zu einer Katze, schon gar nicht zu meiner Schlumpel.

Ich hielt ihr die Postkarte vor die Nase. »Aus Ägypten!«

»Was ist das?« fragte Schlumpel, die auf dem Fensterbrett saß, von oben herab.

»Ägypten ist ein Land. Als dein Großvater noch mein Leben bereicherte, war ich auch mal dort.«

»Mit ihm?« fragte Schlumpel.

»Ich meine, ich war dort und er blieb hier. Einer muß ja aufpassen, daß keiner das Haus klaut, und damals kannte ich den Doktor noch nicht. Dann kam ich zurück, und nun wollte Stoffele unbedingt auch nach Ägypten, aber ohne mich. Als er wieder da war, hat er mir seine tollen Abenteuer erzählt. Aber jetzt hör zu!« Ich las meiner Katze vor, was auf der Postkarte stand: *»An Schlumpel, Schönste aller Schönen, Widerspenstigste aller Widerspenstigen, Schlumpigste aller Schlumpel, Katze aller Katzen!«*

»Ha!« sagte Schlumpel. »Er will bloß gut Wetter machen. Aber nicht mit mir. Herumschlenkern, hat er gesagt.« Sie ließ ihre grünen Augen funkeln. »Sonst noch was?«

Ich las weiter: *»Gestern erschien mir Bastet und bat mich, Dir ihre Grüße zu übermitteln und ihren Segen gleich noch dazu.«*

»Herumschlenkern!« Sie drehte die Ohren nach vorn, wie immer, wenn sie aufgeregt ist. »Und dann noch am Schwanz! Komischer Name, Bastet!«

»*Bastet,* schreibt der Doktor weiter, *bedeutet auch die Reißerin oder Zerreißerin.*«

Das gefiel Schlumpel. »Der soll bloß kommen, der Schlenkerer!« Sie zog die Lefzen hoch und zeigte ihre Zähne. »Zerreißen kann ich auch. Wer ist Bastet?«

»*Bastet,* schreibt er, *ist die große, erhabene Katzengöttin der Ägypter.*«

Daß es eine Katzengöttin gibt, beeindruckte Schlumpel nun doch. »Wie sieht sie aus?«

»*Manchmal*«, las ich, »*hat sie einen Löwenkopf, manchmal den Kopf einer Katze. Als sie mir erschien, trug sie in der Hand ein Sistrum, das ist ein Musikinstrument mit einer liegenden Katze obendrauf, mit dem sie Katzenmusik machen kann.*«

»Ich lieg auch oft obendrauf auf der Musik«, sagte Schlumpel mit Blick auf Konrads Lautsprecher. »Und der Schlenkerer klaut Konrad seine Musik. So einer ist der. Der kommt mir nicht mehr ins Haus. Noch was?«

»*Zu ihren Füßen saßen vier kleine Katzen, allesamt heilig. Ein hinreißendes Bild.*«

»Da hörst du's«, sagte Schlumpel zufrieden. »Vier heilige Katzen unten, eine heilige Katz oben auf dem Musikdings, und die Frau Katzengöttin ist sowieso heilig!« Sie sah mich triumphierend an. »Und du hast gesagt, es gibt keine heiligen Katzen!«

»Die gab's früher mal«, sagte ich, »heute ist's auch in Ägypten mit der Katzenheiligkeit vorbei.«

»Aber er hat sie doch gesehen. Und sie läßt mich grüßen. Nicht dich. Und Konrad schon gar nicht.«

»Ich vermute, unser Doktor ist nicht im neuen, sondern im alten Ägypten gelandet«, sagte ich, »damals hatten die Katzen das Sagen.«

»Weiß der Papst, daß die Bastet auch heilig ist, wie er?«

»Nicht wie er«, sagte ich. »Die beiden sind verschieden heilig.«

»Wie verschieden?«

»Halt dich an Konrad! Der wird gern gefragt, weil er einem dann was erklären kann, und das macht ihn immer so froh.«

»Wenn er sie heiratet«, sagte Schlumpel –

»Wer? Konrad? Der Doktor? Und wen?«

»Der Papst. Die Bastet. Und wenn sie dann Junge kriegt, ist er wirklich ein heiliger Vater, nicht nur so.«

»Da wird nix draus«, sagte ich. »Der Papst darf nicht heiraten, wie ich dir erzählt hab.

Und Bastet macht mir nicht den Eindruck, als sei sie dazu geneigt. Außerdem hält der Papst nichts von Göttinnen, schon gar nicht, wenn sie Reißerinnen und Zerreißerinnen sind.«

»Dann halt nicht«, sagte Schlumpel. »Was steht noch da?«

»Die Leute in Ägypten verehren die große Göttin Bastet ungemein, schreibt er. *Und die Katzen im Land ebenso. Wie ich Dich, Schlumpel.«*

Die aber zog die Luft ein; vermutlich erinnerte sie sich an den für ihre Nase keineswegs balsamischen Duft, der von des Doktors männlichwildem Rasierwasser ausgeht. Ich erwog, ihm Katzenminze zu empfehlen, auf daß er womöglich doch noch ihre Zuneigung gewänne.

»Weiter!« befahl Schlumpel.

Ich las: *»Wenn hier eine Katze stirbt, trauern alle Menschen.«*

»Tätest du trauern, wenn ich –?«

»Schlumpel!«

»Und tät Konrad trauern?«

»Über alle Maßen.«

»Und der Sterngucker, der mich auch so verehrt und dich nicht?«

»Das weiß der doch gar nicht, wenn du nicht mehr unter uns weilst.«

»Wenn du's ihm sagst, weiß er's.«

»Gut, ich sag's ihm. Ich bin sicher, Professor Lesch würde einen schwarzen Pullover anziehen –«

»– mit Schwarzen Löchern drin«, forderte Schlumpel –

»– und eine Gedenksendung zu deinen Ehren veranstalten.«

»Aber die kann ich dann nicht gucken.«

»Leider. Du bist ja hin.«

»Der Katzenamschwanzrumschlenkerer tät sich bestimmt freuen«, sagte Schlumpel.

»Unsinn. Die Haare würde er sich ausreißen.«

»Viele hat er ja nicht mehr«, sagte Schlumpel verächtlich.

»Konrad auch nicht.«

»Aber die wenigen Konradhaare sind schöner als die wenigen von dem.«

»Ich bin sicher, der Doktor würde den ganzen Tag nur noch den Trauermarsch von Chopin hören, den dieser komponierte, nachdem Georges, seine blaublütige Siamkatze, das Zeitliche gesegnet hatte.«

»Er hat mal zugeguckt, wie ich auf dem Klo war.« Schlumpel fauchte, in Ermangelung des Doktors, mich an. »Und er ist mir auf die Pfoten getreten. Mit seinen großen Hinterpfoten, die in Schuhen drinstecken.«

Das erschütterte mich doch sehr. In unserem

Haus gehen wir nämlich im Sommer barfuß und im Winter auf warmen, rutschfesten Socken, wie sich das in einem anständigen Katzenhaushalt gehört, auf daß nicht aus Versehen ein Katzenschwanz oder eine Katzenpfote zu Schaden komme. Ich nahm mir vor, den Doktor vor die Alternative zu stellen, in meinem Hause entweder auch barfuß zu gehen oder auf Socken, oder es für alle Zukunft zu meiden, da könne er Süßholz raspeln, so viel er wolle. Und einer Katze beim Aufsklogehen zugucken – schämen solle er sich, dieser Voyeur!

»Was schreibt er noch?« fragte Schlumpel und gähnte mit vorgetäuschtem Desinteresse.

»Er schreibt: *Bastet hat auch einen Tempel. Darin stellen die Menschen kostbare Weihegeschenke auf, um die Göttin freundlich zu stimmen.*«

»Er hat mir noch nie was Weihevolles mitgebracht«, sagte Schlumpel.

Ich notierte im Kopf: Dem Doktor klarmachen, daß er ohne Weihegeschenk für meine Katze gar nicht mehr hier anzurücken braucht.

»Weiter!« befahl Schlumpel.

»Nix weiter. Ende der Postkarte.«

Schlumpel sah verträumt hinaus in den Garten. »Der Mann auf dem Stein neulich hat sehr schöne Sachen über mich gesagt. Mit Wörtern, die der Schlenkerer bestimmt nicht mal kennt.«

Schöne Sachen über Schlumpel sagen, hielt ich im Kopf fest und beteuerte, der Doktor sei nur ein nüchterner Medizinmann und kein Dichter, da sei Monsieur Baudelaire ihm über, aber er sei durchaus kein schlechter Mensch und wohl auch verbesserungsfähig. Und ich notierte weiter im Kopf: Dem Dokor ans Herz legen, daß die Lektüre katzenfreundlicher, besser noch katzenbegeisterter dichterischer Werke zwingend angebracht sei, wenn er Schlumpels Zuneigung ernsthaft gewinnen wolle.

»Mach's Fenster auf! Ich erzähl dem Seppi und dem Pimsel, daß ich in Ägypten einen verehrten Tempel hab und weihevolle Geschenke krieg, und daß ich heilig bin und daß jemand eine traurige Musik gemacht hat, als ich gestorben bin. Die werden gucken!«

»Schlumpel«, sagte ich, »du hast mir doch in die Pfote versprochen, nicht zu sterben.«

»Dann laß ich's«, sagte Schlumpel. »Ist mir auch lieber. Wann kommt er wieder, der Katzenschlenkerer?«

»Der Doktor? Demnächst in diesem Theater.«

»Also: Socken und weihevolle Geschenke«, befahl Schlumpel. »Sonst mach ich Hackfleischbällchen aus ihm!« Sie sprang hinunter in den Schubkarren, den ich extra ihretwegen unters Fenster gestellt hab. »Fahr mich zum

Kompost! Dort warten die andern schon auf mich.«

Meine Katze liebt es nämlich, in besagtem Schubkarren spazierengefahren zu werden. Während ich sie zum Komposthaufen karrte, hörte ich, wie sie sagte: »Auf die Pfoten tret ich ihm. Der wird jaulen!«

Herrn Leschs Quantenkater

Schlumpel kam hereinspaziert und hockte sich vor den Fernseher.

»Bist du eine Glotzkatze?« fragte ich. »Fort mit dir, kletter auf die Birke oder fang eine Maus.«

»Ich wart auf Harald.«

»Hier gibt's keinen Harald.«

»Das ist doch der mit dem roten Pullover und dem Schwarzen Loch, der gesagt hat, daß ich so schön und so gescheit bin. Mach August an!«

»Professor Lesch kommt erst am Sonntag um 20 Uhr.«

»Dann geh ich solang Seppi verhauen.« Meine Katze verschwand durchs Fenster und verhaute von Freitag- bis Sonntagabend um 20 Uhr Seppi.

Ich saß im Schaukelstuhl, Schlumpel auf dem Schoß, die machte Müffchen.

»Herzlich willkommen bei ›Alpha Centauri‹«, sagte Herr Lesch düster wie immer. »Schön, dich zu sehen.« Er meinte natürlich meine Katze, für mich hatte er keinen Blick übrig.

»Wo ist dein roter Pullover?« fragte Schlumpel.

»Der hat ein Loch.«

»Ein Schwarzes Loch?«

»Gute Frage«, sagte Herr Lesch. »Welche Farbe haben die Löcher im Pullover? Da müssen wir mal 'ne extra Sendung drüber machen. Meine Frau sagt immer, sie kann den alten Fetzen nicht mehr sehen, obwohl er mein Lieblingspullover ist, und der Kameramann sagt, mit Rot komm ich besser raus.«

»Ich bin auch rot«, sagte Schlumpel. »Aber ohne Loch.« Sie schleckte sich zwischen den Zehen. »Kannst du das auch?«

»Früher«, sagte er stolz, »konnte ich den großen Zeh in den Mund stecken, aber heute – na ja.« Er gab sich einen Ruck. »Auf geht's, Herrschaften! Heute kriegen wir –«

»Die Katze«, sagte Schlumpel und spitzte die Ohren.

»Katze? Eigentlich wollte ich über Einstein –«

»Eine Katze ist wichtiger als ein Stein«, erklärte Schlumpel. »Letztesmal hast du gesagt, du willst eine. Daß mehr Leute gucken. Wo ist die Katz?«

Herr Lesch kratzte sich mit der Kreide am

Kopf. Zuerst sagte er: »Jo mei«, dann: »Na schön, weil du's bist, diese Sendung ist also für die Katz«, und dann rief er: »Haben wir zufällig gerade eine hier im Studio? Nein? Nur einen Kater?«

»Ein Kater geht auch«, sagte Schlumpel großzügig.

Zwei Helfershände reichten dem Professor einen charmanten, munter guckenden kleinen Tiger. Er nahm ihn auf den Arm. »Das ist ein ganz besonderer Kater.« Der charmante kleine Tiger hielt das für eine Beleidigung und fetzte ihm eine. Worauf Herr Lesch »Aua!« brüllte und der Kameramann ganz dicht an ihn heranfuhr und in Großaufnahme die Leschsche Nase – die Leschische Nase – also die Nase des Herrn Lesch zeigte, an der ein Blutstropfen hing.

»Ich bin auch besonders«, sagte Schlumpel stolz. »Weil ich eine Schmuddelkatz bin. Und mein Opa war ein ruhmvoller schwarzer Teufel mit einem weißen Tupfen hinten. Hast du auch irgendwo einen Tupfen?«

»Sag ich nicht!« sagte Herr Lesch.

»Und ich hab eine Würde. Eine Schlumpel- und eine Katzenwürde. Steht sogar in einer Schlumpelgeschichte drin. Wie heißt er?«

»Der heißt Albert«, sagte Herr Lesch, »und er ist ein Quantenkater.«

Schlumpels Schwanz kringelte sich zu einem Fragezeichen.

»Was ein Kater ist, wißt ihr.« Er hob den pädagogischen Finger. »Und ›Quanten‹ kommt vom lateinischen Wort ›quantum‹ und bedeutet ›Mengen‹. Albert ist, könnte man also auch sagen, ein ›Mengenkater‹.«

Albert wollte jedoch kein Mengenkater sein, er wollte runter und strampelte.

»Er ist aber nur einer«, sagte Schlumpel.

»Darf ich auch mal was sagen?« fragte ich.

»Wenn's denn sein muß!«

»Das ist irgendwie komisch. Ich seh Albert nicht deutlich, sondern ein bißchen verschwommen, weil ich meine Brille nicht finde. Und ich seh mehr als einen Albert. Sieht aus wie ein paar Fotos von verschiedenen Alberts übereinander. Einer hat Streifen, der andere Flecken, der dritte lange Haare, der vierte kurze. Ich seh einen, der ist dick, der andere dünn, der nächste gestromt –«

»Der übernächste kariert«, sagte Herr Lesch, »und einer hat sogar Sternchen. Na ja, kleiner Spaß von mir. Toller Kater, was?«

Ich hatte das Gefühl, er mache sich über mich lustig.

»Aber das kann nicht sein«, sagte ich, »er ist ja nur ein einziger Kater.«

»Bei Albert geht's halt doch«, sagte Herr

Lesch. »Weil er, ich erwähnte es schon, kein gewöhnlicher, sondern ein Quantenkater ist. Und von einem Quantenkater – das gilt natürlich auch für eine Quantenkatze – gibt es viele Möglichkeiten, die kann man alle sehen. Und zwar gleichzeitig.«

Was Schlumpel wenig beindruckte. »Ich bin die einzige Schlumpel, die man sehen kann. Das reicht.«

Ich setzte die Brille auf und betrachtete den vielgestaltigen Kater noch einmal, und zwar sehr genau. Was ich sah, brachte mich wieder ganz durcheinander. »Das ist noch komischer«, sagte ich. »Jetzt seh ich nur den ersten Albert, ganz scharf und deutlich, jedes Schnurrbarthaar seh ich, und nicht diese anderen möglichen Kater. Du meine Güte, was ist denn jetzt mit ihm los?«

»Er fällt um«, sagte Schlumpel.

»Fein beobachtet!« sagte Herr Lesch. »Fällt um. Bum. Ist hin.«

»Wieso?« fragte ich verwirrt.

»Da sind Sie dran schuld.« Herr Lesch spießte mich mit dem Zeigefinger auf.

»Aber ich hab doch nur geguckt. Ich wollte mir Albert mal genauer anschauen.«

»Zu genau«, sagte Herr Lesch. »Wenn man Quantensachen zu scharf ansieht, kann es sein, daß sie kaputtgehen.«

»Auch Elefanten?« fragte Schlumpel.

»Auch Quantenelefanten fallen dann um und –«

»Bum!« sagte Schlumpel.

»Genau. Dann sind sie hin. Das gilt auch für Quantengiraffen, Quantenpinguine, Quantenaffen, Quantenhummeln, Quanten–«

»Mäuse?« fragte Schlumpel interessiert.

»Na klar.«

Schlumpel schleckte sich schon mal die Schnauze, vermutlich stellte sie sich eine Quantenmaus vor mit einer Unmenge von Mausvariationen, die alle Schlange standen, um von ihr verspeist zu werden. »Wo gibt's die quantigen Mäuse?«

»Im Quantenland.«

»Ist das weit weg?«

Herr Lesch wiegte den Kopf hin und her. »Schwer zu sagen.«

»Vielleicht in Oberweschnegg?« fragte Schlumpel lüstern.

»Oberweschnegg!« Er grinste. »Jo mei, gibt's das wirklich?«

»Oberweschnegg«, sagte ich beleidigt, »ist zwar nicht der Nabel der Welt, aber wirklich ist es trotzdem. Wir haben ein Ortsschild, wo's draufsteht, immerhin zweiunddreißig Häuser, drei Misthaufen, ziemlich viele Gartenzwerge, drei Hunde, vier Pferde, zwei Katzen, sieben

Kater, aber von denen gibt's jeden nur einmal, nicht wie diesen hier – was ist das denn? Albert ist ja wieder lebendig! Er schleckt sich, er streckt sich. Einen Buckel macht er auch. Rennt über die Bänke. Hockt oben auf der Tafel und tatzelt nach dem Schwamm. Rollt sich unterm Pult hin und her. Und wieder alles gleichzeitig. Ich hab aber nicht gesehen, wie er da hingelaufen ist. Plötzlich war er überall.«

»Kein Problem für einen Quantenkater«, sagte der Professor. »Er muß nicht erst irgendwo hinlaufen, er macht einfach nur einen Sprung. Einen Quantensprung, wie wir Physiker sagen. Und Sie sehen all diese Alberts, weil Sie diesmal anders geguckt haben, nicht so genau wie vorhin, da haben Sie den armen Kerl ja totgeguckt.« Er hob abermals den pädagogischen Finger. »Sieht man sehr genau hin, nimmt man einem Quantenkater – und nicht nur einem Kater – seine vielen Möglichkeiten weg. Und wer keine Möglichkeiten mehr hat, der ist – na?«

»Der ist hin«, sagte Schlumpel.

»Sehr treffend formuliert, ich könnt's nicht besser«, sagte Herr Lesch. »Wir entscheiden durch die Art, wie wir etwas betrachten, was geschieht. Wie die Dinge sind. Auch die Kater und Katzen.«

»Bei uns in Oberweschnegg«, sagte Schlumpel, »kannst du gucken, wie du willst, du siehst immer nur eine Katz. Oder einen Kater.«

Ich nickte und faßte mir ein Herz. »Wissen Sie was, Herr Professor? Da ist mir meine Schlumpel doch lieber. Bei der weiß ich, woran ich mit ihr bin. Die fällt nicht tot um, wenn ich sie anschau, sondern sie reibt ihren Kopf an meinem Bein.«

»Wär auch ewig schad drum«, sagte Herr Lesch. »Dann seien Sie mal froh, daß sie keine Quantenkatze ist, sondern eine Schmuddelkatz.«

»Albert schnurrt«, sagte Schlumpel. »Was machst du jetzt mit ihm?«

»Ich nehm ihn mit heim und schenk ihn meiner Frau.«

»Wenn die scharf guckt, hat sie auf einmal das ganze Haus voller Alberts«, sagte Schlumpel. »Und jeder frißt am Tag eine Büchse.«

»Keine Bange. Wir leben ja nicht im Quantenland, sondern in München, und da bleibt es bei einem einzigen Kater.«

»Und sag ihr, sie soll das Loch im Pullover bloß nicht stopfen. Dann kann Albert seine Pfote durchstecken und sich freuen, wenn sie auf der anderen Seite wieder rauskommt.«

»Gute Idee«, sagte Herr Lesch und teilte uns noch schnell mit, diese Katzengeschichte habe etwas mit den Gleichungen der Quantenwahrscheinlichkeitswellen und mit der Heisenbergschen Unschärferelation zu tun, und sie beweise, daß in der Quantenwelt, die eine knifflige, paradoxe, absurde und geheimnisvolle Welt sei und eine ziemlich harte Nuß, ein Ding – in unserem Fall Albert – an mehreren Orten zugleich sein könne und in verschiedenen Zuständen, weil –

»Weil es einen Hupf macht«, sagte Schlumpel stolz.

»Ausgezeichnet. Einen Quantenhupf.« Dann versprach Herr Lesch, nächstesmal werde er uns etwas über das Chaos erzählen, auch sehr faszinierend, übernächste Woche kämen dann die Paralleluniversen dran, und so gehe das weiter, denn: »Seht«, sprach er, »ich bin bei euch alle Sonntage und jeden Mittwoch bis ans Ende der Welt.« Nickte uns – das heißt, Schlumpel – noch mal zu und verschwand mit seinem Quantenkater in dem wunderbar leuchtenden und wirbelnden Andromedanebel, den der Kameramann zum guten Schluß ganz nahe heranholte.

»Hoffentlich«, sagte Schlumpel, »streichelt er Albert nicht gegen den Strich und kauft ihm die besseren Büchsen. Und nachts hockt Albert auf seinem Schoß, und sie gucken mitnander die Sterne an, und er hält den Mund, und sein langer Finger bleibt unten, und Albert erklärt ihm die ganze Schöpfung.«

»Aber daß er es so gut kann wie du, glaub ich nicht.«

»Die sind alle zwei ja auch nur Kater«, sagte Schlumpel bescheiden, riß die Schnauze auf, gähnte herzhaft und überlegen und ging unter.

Ich sah ihr beim Schlafen zu. Und da ging es mir auf, daß meine Katze, obwohl Nichtquantenkatze, auch ein ziemlich kniffliges, paradoxes, absurdes und geheimnisvolles Wesen ist und, trotz ihres weichen Fells, eine harte Nuß sein kann. Nicht immer, aber manchmal schon.

Bloß nix Neues!

Was soll das?« fragte Schlumpel, meine schöne, rote, nicht immer liebe, aber immer geliebte Katze.

Konrad und ich trugen gerade einen Sessel zur Tür hinaus, wobei ich natürlich mit der Lehne an der Tür anstieß und Konrad die Augen verdrehte.

»Morgen kommen sie«, sagte ich.

»Besuch? Schon wieder?«

»Ja, aber einer, der bleibt.«

Schlumpel legte die Ohren flach an und war dagegen.

»Der Besuch wird dir gefallen«, sagte Konrad. »Ein Sofa und zwei Sessel, alles nigelnagelneu.«

»Warum?« fragte Schlumpel.

»Weil die alten ausgedient haben.«

Schlumpel musterte die ausgedient habenden fetzigen Sessel und das bejahrte Hängebauchsofa. »Die sind doch prima. Gut zum Pennen und Rumrollen und –«

»Siehst du die dunklen Flecken? Da hockt immer jemand drauf, der draußen im Staub gebadet oder im Garten gebuddelt hat. Flöhe hat es auch, das Sofa.«

Schlumpel betrachtete verträumt das Usambaraveilchen.

»Du kriegst auch einen eigenen Sessel«, versprach Konrad. »Einen ganz für dich allein. Auf meine Kosten.«

»Den kann er haben«, sagte Schlumpel zu mir, »dann hockt er nicht dauernd auf meinem.« Sie besetzte demonstrativ ihren Fläzsessel, in dem Konrad manchmal Musik hören darf. Konrad beendete die Diskussion damit, daß er sagte, der Mensch brauche nun mal öfter was Neues.

»Die Katz nicht«, sagte Schlumpel.

»Es soll auch Katzen geben«, knurrte Konrad, »die einem nicht ständig widersprechen. Guterzogene, nette, zuvorkommende Geschöpfe, die einem respektvoll begegnen.«

»Kennst du so eine?« fragte ich.

Er konnte mir keine nennen, weil er dringend aufs Klo mußte. Und ich stand da mit dem Sessel.

Schlumpel sah mich mißtrauisch an. »Ich hab auch dunkle Flecken. Auf dem Fell. Und Flöhe hab ich auch. Manchmal. Und –«

»Konrad meint natürlich nicht dich,

Schlumpel. Nie im Leben würden wir dich auswechseln gegen eine neue Katze. Nun guck nicht so. Die Möbel werden dir gefallen. Wirst schon sehen.«

Am nächsten Morgen früh um acht kamen sie, die Leute von der Möbelfirma und die Möbel. Sie stellten die alten in die Garage, für den Sperrmüll, und die neuen dorthin, wo bisher die alten gestanden hatten. Zur Probe. Das haben wir uns nämlich ausbedungen. Sollten uns – wider Erwarten natürlich – die neuen Möbel nicht begeistern, können wir sie wieder abholen lassen. Da ist die Firma, der ungemein an der Zufriedenheit ihrer Kunden liegt, großzügig. Obwohl noch nie ein Käufer, sagt die Möbelfirma, unbegeistert von ihren Möbeln gewesen sei. In diesem noch nie dagewesenen Fall – also bei Unbegeisterung – müßten wir nur für den Rücktransport der neuen aufkommen.

Die neuen Möbel – ein terrakottafarbenes Dreisitzersofa und zwei Einzelsessel – waren richtig dekorativ und sehr modern. Unten hatten sie statt der von uns ausgesuchten Holzfüße Stahlrohrfüße, was, wie die Firma versicherte, mehr im Trend liege. Sie würden uns ein phantastisches Sitz- und Liegegefühl bescheren.

Zuerst lag Konrad Probe, fand das Sofa im Prinzip grandios, aber eine Spur zu wenig phantastisch, weil eine Spur zu hart für seinen sensiblen Rücken.

Er meinte Hintern.

Das gebe sich, sagte ich, und dann saß ich mit ihm zusammen Probe. Die Nachbarin, die kam, um zwei Eier zu borgen, saß mit. Zu dritt probierten wir das dreisitzige Sofa aus, das aber kein Sofa war, sondern, so die Möbelfirma, ein Traum. Ich saß in der Mitte des Traums und fand ihn gar nicht traumhaft, sondern unbequem. »Der arme Mittelmensch kann seine Arme nirgends aufstützen«, sagte ich. »So sitzt er nicht gut. Was tut er mit den Armen? Draufsitzen? In den Schoß legen? Oder auf den Tisch? Ich werde mich nie in die Mitte eines dreisitzigen Sofas setzen. Das, lieber Konrad, kannst du tun.«

Konrad setzte sich in die Mitte und fand es auch eher irritierend, zwischen mir und einer Dame eingeklemmt zu sein, wobei mir die kleine Spitze – nämlich die Betonung der »Dame«, mit der ich offensichtlich nicht gemeint war – nicht entging.

Die Dame fand das auch nicht so toll. »Wenn ich in der Mitte sitze«, sagte sie, »sieht man mich von beiden Seiten. Ich hab aber nur eine gute Seite, weil der andere Mundwinkel ein bißchen hängt, und eine Falte hab ich da auch, und eine Warze. Also nie in die Mitte, hab ich mir geschworen.«

Wir probierten es mit Schlumpel, aber die hielt es auch nicht länger aus als eine Minute. »Dann grabschen zwei an mir rum«, sagte sie und sprang auf den Lautsprecher. »Hier hat nur einer Platz, die Katz.«

Schließlich probierten wir die Sessel. Konrad warnte mich eindringlich davor, die Füße hochzuziehen, wie es meine Art sei, wegen leider immer noch nicht erreichter Damenhaftigkeit – schon wieder! – und wegen der Sauberkeit.

Ich fand die seitlichen Stützen oder Lehnen eindeutig zu niedrig. »Wenn ich lese«, sagte ich, »kippe ich. Willst du, daß ich kippe, Konrad? Oder daß ich nicht mehr lese?«

Konrad riet mir, ein dickes Kissen unters Buch zu legen, dann würde ich kaum kippen. Der Sessel habe eine edle Form und einen farblich überzeugenden Bezug. Und auch die Rückenlehne sei keineswegs zu niedrig. Wer den Kopf nicht anlehne, der tue was für seine Haltung und gegen seine Halsfalten, sagte er, und zu Schlumpel: »Was, zum Kuckuck, schnüffelst du dauernd so rum?«

»Riecht nicht gut«, sagte meine Katze, die Nase in den Bezug des zweiten Sessels vergraben. »Riecht neu. Da muß man ganz oft draufspucken, bis der Geruch weg ist. Ich glaub, mir wird schlecht.« Sie wurgste und druckste gefährlich; Konrad packte sie und trug sie vor die Balkontür.

»Konrad«, sagte ich, »da ist ein Schnörkel.« Und deutete auf den Metallfuß, der tatsächlich in einen rokokohaften Schnörkel auslief. »Ich mag keine Schnörkel. Der war im Katalog nicht zu sehen, wahrscheinlich hat er sich versteckt. Magst du Schnörkel?«

Konrad kratzte sich und mochte auch keinen Schnörkel. Schlumpel kratzte ebenfalls, an der Tür, und wollte so sehr wieder rein, daß ich aufmachte. Eine Katze darf man nie, nie aussperren. Sie sprang auf die obere Sesselkante und gleich wieder runter. »Da kann ich nicht drauf liegen. Das ist zu schmal. Da fall ich runter und geh kaputt. Wie die Tasse, die Konrad neulich –«

»Halt den Mund!« rief Konrad und schlug vor, Hussen anzuschaffen.

»Was sind Hussen?«

»Meine Mutter hatte solche Dinger. Das sind Bezüge, die man über die neuen drüberzieht, damit die schön neu bleiben.«

»Aber dann sieht man die edle Farbe Terrakotta nicht«, sagte ich.

»Wir können Hussen in Terrakotta nehmen«, sagte Konrad. »Zweimal Terrakotta, das bringt's.«

»Aber man sieht nur einmal Terrakotta.«

Was Konrad zugab.

Schlumpel spazierte auf dem Traum hin und her und suchte eine Kuhle. »Zu hart«, sagte sie.

»Das kommt schon noch«, versprach Konrad. »In spätestens fünf Jahren hast du genug Kuhlen hineingelegen.«

Schlumpel wollte aber sofort eine Kuhle. »Mein Musiksessel hat eine, da paß ich genau rein«, sagte sie, wollte hinaufspringen, konnte aber nicht, weil der Sessel von Konrads musikalischen Karteikästen besetzt war. So nahm sie mit dem linken Lautsprecher vorlieb, und Konrad kriegte einen ziemlich wilden Blick und grummelte etwas von der Katze eines Bekannten, einem lieben, rücksichtsvollen, sanften Geschöpf, wie er es sich immer erträumt habe, und ich entdeckte ein Etikett, das dringend riet, die Bezüge nur chemisch reinigen zu lassen, was, der Reißverschlüsse wegen, kein Problem sei.

»Konrad«, sagte ich, »bin ich ein Umweltschwein? Ich meide grundsätzlich chemische Reinigungen. Ich will ein Sofa, das ich in die Waschmaschine stecken kann.«

Konrad sah erst mich an, dann Schlumpel, die Tiefschlaf simulierte. Wir trugen die neue

Landschaft in die Garage, holten die abgewetzten Veteranen wieder und riefen die Möbelfirma an. Wir seien, auf dringenden Wunsch unserer von dem Möbeltraum unbegeisterten Katze, zu dem Entschluß gekommen, es noch ein paar Jährchen mit den alten Möbeln zu probieren, die neuen könnten abgeholt werden. Auf unsere Kosten, wie ausgemacht.

Wir verbrachten einen sehr gemütlichen Abend. Konrad guckte *Bayern Alpha* und ließ sich von Karl Valentin und Liesl Karlstadt zum fünfundvierzigsten Mal den ›Firmling‹ vorspielen, von dem er nicht genug kriegen kann, und dann von Professor Lesch den Pferdekopfnebel erklären. Ich las, die Lehne hatte genau die richtige Höhe, mit undamenhaft hochgezogenen Beinen. Schlumpel lag oben auf der breiten, bequemen Sesselkante, schnüffelte in meinen frischgewaschenen Haaren und fraß sie mir fast vom Kopf. Dann war Professor Lesch am Ende und wünschte uns eine gute Nacht. Er nickte Konrad, der immer alles versteht, was er sagt, männlich-einverständlich zu, schenkte meiner Katze einen bewundernden Blick und mir einen, der unmißverständlich ausdrückte, da habe er seine Perlen mal wieder vor die Säue geworfen.

»Wie geht's Albert?« fragte Schlumpel.

»Prima, der wickelt die ganze Familie um den Schwanz.«

»Ist er immer noch viele Alberts?«

»Nein, nur einer. Aber er frißt für drei.«

Hinkebeine

Leider zum letztenmal in diesem Jahr badete ich im Schluchsee. Konrad verzichtete, 15 Grad sind ihm zu kalt, unter 23 Grad hängt er nicht mal den großen Zeh ins Wasser. Und die 15 Grad könne ich nur überleben, sagte er taktvoll, weil ich nicht ganz so dünn sei wie er.

Während ich schwamm, spazierte Konrad den idyllischen Seeuferweg entlang, kam vom rechten Weg ab, weil er hinunter zum Ufer wollte, wo seine Lieblingsente auf ihn wartete, vielmehr auf das Brot, das er für sie immer in der Hosentasche hat, kam ins Rutschen – Konrad ist, als gebürtiger Schwabe, nicht dazu zu bewegen, sich neue Schuhe mit anständigen Profilsohlen zuzulegen, wenn die alten Schuhe erst dreißig Jahre alt sind –, knallte gegen einen Felsen und brach sich ein Bein.

Im Krankenhaus nagelte man Konrad zusammen, und nach zwei Wochen war er wieder bei uns, humpelte auf attraktiven roten Krücken durchs Haus oder lag auf dem Sofa und malte

Schlumpel den Beinbruch in düster leuchtenden Farben, auch die Operation, von der er allerdings nichts mitgekriegt hatte. Schlumpel, auf der Sofakante, war Aug und Ohr, denn Konrad ist, das muß man ihm lassen, ein Meister der dramatischen Schilderung.

»So lang ist er!« Konrad zeigte mit beiden Händen die beachtliche Länge des Titannagels, den man ihm in den Knochen gerammt hatte.

Schlumpel schleckte ihm die Hand, was ihn rührte, aber daher kam, daß wir mittags auf Konrads Wunsch hin Pellkartoffeln und geräuchertes Forellenfilet gegessen hatten und der Forellengeruch noch an seinen Fingern hing. Dann brüllte er kurz, weil ich ihm ein Kohlblatt auf die geschwollene und entzündete Stelle legte, wo der Knochenspieß sich fast durch die Wade gebohrt, und weil ich vergessen hatte, das Kohlblatt vorher anzuwärmen. »Schon vorbei«, sagte ich und wickelte eine Mullbinde um das arme Schienbein. Ich umwickle grundsätzlich alle verletzten Arme, Beine, Finger, Hälse, und was sonst noch kaputtgeht, mit Kohlblättern, weil das immer großartig hilft, keine Nebenwirkungen hat und die Krankenkasse nix kostet. Die Ärzte gucken dann bedenklich und schütteln das Haupt, aber ich stehe in Treue fest zum Kohl und laß mir nicht dreinreden. Dann brachte ich Konrad unsere drei Tageszeitungen; wenn er bei uns weilt, gesellt sich zur ›Süddeutschen‹ und zur ›Stuttgarter Zeitung‹ auch noch die ›FAZ‹, Konrad ist für einige Zeit beschäftigt und gibt Ruh.

»Sie liegt auf dem Sportteil«, beschuldigte Konrad Schlumpel, die aber nicht herunterwollte und sich auf dem VfB herumrollte, was sehr verlockend aussah und Konrad dazu animieren sollte, ihr den Bauch zu kraulen. Das tat er auch. Den Bauch läßt Schlumpel sich nicht von jedem kraulen. Daß sie ihm nicht auf die Pfoten haut, macht Konrad richtig stolz. Das heißt, manchmal haut sie halt doch ein bißchen, la donna è mobile. Statt des Artikels über die Misere der Nationalmannschaft las Konrad nun Schlumpel vor, was auf dem Beipackzettel der Spritzen gegen Thrombose stand. Die Nebenwirkungen klangen dramatisch, aber Konrad spritzte sich trotzdem, nicht in den Bauch, wie üblich, sondern in den Oberschenkel, unter meinen und Schlumpels bewundernden Blikken. Zum Abendessen humpelte Konrad an seinen beiden Krücken zum Tisch; solange er so erbärmlich humpelt, koche ich ihm ständig irgendein Leib- und Magengericht, um ihn bei Laune zu halten, denn sonst grummelt Konrad wieder wie in den ersten Tagen, als er vom Schicksal wissen wollte, warum es gerade ihm das Bein gebrochen hat, wo es doch so viele andere, geeignetere Beine gegeben hätte ... Das Schicksal jedoch verweigerte wie immer fies die Auskunft.

Schlumpel sprang auf den Stuhl neben dem seinen und guckte ihm mit unwiderstehlichem Bettelblick jeden Bissen vom Mund. Konrad, um sich lieb Kind zu machen, schob ihr immer wieder einen zu, und zwar heimlich, damit ich es nicht sehen sollte, denn was das Betteln bei Tisch angeht, vertritt er offiziell konsequent eine harte Linie.

»Da muß man sich nun das Bein brechen«, sagte er, »um endlich mal Apfelküchle zu bekommen. Sonst machst du nie Apfelküchle.«

»Die Apfelküchlebackerei ist eine aufwendige Sache«, sagte ich, »ich steh schwitzend am Herd, krieg fettige Haare, und du ißt. Erst beim nächsten Bein mach ich wieder welche.«

Für den folgenden Tag bestellte Konrad Leberspätzle mit Tomatensoße, abends könne ich ihn mit einer gut gewürzten Ratatouille erfreuen, und wie es am Sonntag mit einem feinen Pilzragout wäre? Ja, und wenn ich ein Brot backen wolle, dann bitte mit Walnüssen drin, und zwar mit mehr, als letztesmal drin gewesen seien. Was ich nun doch etwas übertrieben fand, weshalb ich ihn daran erinnerte, daß irgendein Konrad mir vor nicht allzulanger Zeit von einem Buch vorgeschwärmt hatte, dessen

Held auf dem Höhepunkt seiner Karriere allem entsagte, was ihm bis dahin wichtig schien, sich in einem verlassenen Dorf in den Cevennen niederließ und fortan ein asketisches Leben führte, sich hauptsächlich von Ziegenkäse, trockenem Brot und dem Blick auf den klaren nächtlichen Sternhimmel ernährend. »Ich kenne dieses Buch nicht«, sagte Konrad.

Ich hörte das Gejammere schon von weitem und riß die Tür auf. Meine Katze kam mit lautem Klagegesang auf drei Beinen den Gartenweg dahergehinkt.

»Schlumpel! Was ist los?«

Sie hielt mir die rechte Vorderpfote hin. Ich strich ganz vorsichtig darüber, Schlumpel zuckte zusammen und stieß ein Schmerzgeheul aus.

»Ich seh nix«, sagte ich. »Was hast du denn angestellt?«

»Meine Pfot ist hin«, jammerte Schlumpel.

»Sie ist doch noch dran.«

»Aber nicht mehr lang. So hin wie die ist.«

»Was hast du denn angestellt?«

»Erst hat sich ein Dorn in meine Pfote gebohrt. Aus Bosheit. Dann ist mir Seppi auf den Fuß getreten. Weil er blöd ist. Dann bin ich von Seppis Garagendach runtergesprungen und hab mir die Pfote gebrochen. Au!«

»Was, alles auf einmal? Da kommt Konrad ja nicht mit.«

»Find ich auch«, sagte Schlumpel stolz. »Was der kann, kann ich schon lang, und noch viel besser. Der hat ja nur zwei Laufpfoten. Ich vier.«

»Dann hol ich mal das Körbchen und bring dich zum Tierarzt nach St. Blasien, der soll sich deine arme Pfote angucken und dir eine Spritze geben, gegen die Schmerzen.«

Aber Schlumpel wollte auf gar keinen Fall zum Tierarzt und erst recht keine Spritze. »Ich wart ein bißchen«, sagte sie, »es tut auch schon nicht mehr so furchtbar weh. Trag mich ins Zimmer auf meinen Sessel, da ruh ich mich aus und schleck die Pfote. Das mag sie. Was gibt's zum Essen?«

»Nix.«

»Meine Pfote«, sagte Schlumpel, »will nicht nix, sie will Hackfleischbällchen.«

»In diesem Zustand«, sagte ich ernst, »würden Hackfleischbällchen die Sache nur noch verschlimmern.«

»Dann Leberwurstkügelchen.«

»Ausgeschlossen.«

»Ein bißchen Sahne –«

»Ich fürchte, das würde deine kaputte Pfote nicht überleben.«

Schlumpel beugte sich zu ihrer Pfote und

befragte sie. »Dann hätt sie wenigstens gern ein bißchen Forelle.«

»Die hat Konrad heut mittag aufgegessen.«

»Aber ein Fitzelchen ist noch übrig«, sagte Schlumpel. »Meine Pfote hat's gesehen.« Sie legte den Kopf schief, mit einem Blick, der mich schmelzen ließ. »Konrads Hinterpfote hat Forelle gekriegt. Und Apfelküchle. Und morgen kriegt sie auch was Feines. Meine kriegt nix. Die wird nie mehr ganz. Dann muß ich auf drei Pfoten rumlaufen. Willst du das?«

Nein, das wollte ich nicht. Und so bekam Schlumpels ramponierte Pfote ein ganzes Menü in fünf Gängen. Zuerst drei Löffelchen Grießbrei. Dann sieben kunstvoll gedrehte Hackfleischbällchen. Dann ein Fitzelchen Forelle. Dann ein paar Leberwurstkügelchen und zum Nachtisch ein paar Schlückchen Sahne.

Konrad humpelte herbei und fand, ich sei zu nachgiebig. »Diese Katze«, sagte er, »nutzt dein gutes Herz aus. Und du fällst drauf rein. Als ich noch klein war, gab's im Krankheitsfall trockene Wecken und frisches Wasser, da kannte meine Mutter nichts. Und ich war immer wieder schnell gesund. Du treibst da einen unnötigen Aufwand.«

»Wie recht du hast, lieber Konrad«, sagte ich. »Dann will ich es wie deine selige Mutter machen und euch beide ab morgen mit Wasser und Brot verwöhnen. Mal sehen, welche Pfote zuerst wieder gesund ist.« Ich stellte den Nachtisch, Vanillepudding mit Sahne obendrauf, auf den Schrank, zum Abkühlen und damit meine Katz nicht drankäme. Sie kam aber dran, was ich jedoch erst merkte, als ich den Nachtisch holen wollte, und was ich mir nur mit der rapiden Genesung der schwerverletzten Pfote erklären konnte.

Nachdem Schlumpel ihr Schüsselchen sauber ausgeschleckt hatte, daß ich es nicht mehr spülen mußte, steuerte sie den gemeinsamen Sessel an, auch Konrad steuerte, aber seine Krücken verhinderten, daß er den Wettlauf gewann. So lag die Siegerin auf dem Objekt der Begierde, die Pfoten unnachahmlich elegant übereinandergelegt, der Schwanz hing in einer sanften Kurve herunter und machte an der Spitze einen leichten, wieder froh nach oben weisenden Kringel. Meine Schlumpel bringt es fertig, beides zugleich zu sein, sozusagen in Personalunion: ein Muster an Anmut und Eleganz und eine jeglicher moralischer Grundsätze bare Schmuddelkatz.

»Mistviech, elendes!« sagte Konrad und humpelte zum Sofa. Dort legte er das Bein hoch und machte, wie öfters in letzter Zeit, einen schwermütigen Eindruck.

»Ist was?« fragte ich.

»Was soll schon sein«, sagte Konrad und wirkte noch schwermütiger. Mehr war aus ihm nicht herauszubekommen. Aber ich spürte, etwas war nicht so, wie es sein sollte. Irgendwas kündigte sich an. Hoffentlich klopft das Schicksal nicht an meine Pforte, dachte ich, ein gebrochener Konradhaxen reicht, und ich bat das Schicksal, wenn es mal nach Oberweschnegg kommen sollte, was aber ganz unlohnend sei, wir hätten hier nix Besonderes, doch bitte woanders anzuklopfen. Außerdem seien wir meist nicht zuhause.

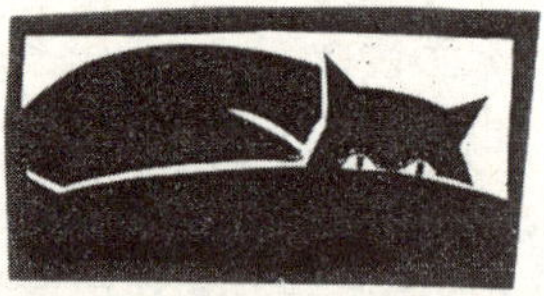

Katzenschwemme

Computerheini kriegt jedesmal einen Schreck, wenn Schlumpel auf den Schreibtisch springt und, wie eben jetzt, auf den Bildschirm starrt. »Was machst du da?«

»Ich mach Katzen.«

»Kannst du nicht.«

»Kann ich doch.« Ich zeigte ihr, wie man Katzen macht. Stück für Stück, Ohr für Ohr, Schwanz für Schwanz entstanden sie auf dem Monitor.

Schlumpel verfolgte die Erschaffung der Katzen mit langem Hals. Zwei waren schon fertig. Die eine hatte einen herunterhängenden Schwanz, die andere einen sich heiter kringelnden. Ich fand beide sehr gelungen.

»Jetzt paß auf!« Ich schnitt mit der Computerschere beide Schwänze ab und vertauschte sie. Die Hängeschwanzkatze hatte nun den gekringelten, die Kringelschwanzkatze den hängenden. Dann drückte ich auf eine Taste, zauberte ein paar Buchstaben auf den Bildschirm, sagte: »Ab mit euch!« und sperrte die linke

Katze in ein O, die rechte scheuchte ich ein V hinauf.

»Was soll das denn?« fragte Schlumpel.

»Das sind die Bilder zum neuen Katzenbuch. Die Katzen im letzten Buch habe ich noch alle aus schwarzem Papier ausgeschnitten und in die Buchstaben gesteckt. Einen ganzen Monat hab ich dran rumgewerkelt, im Schweiße meines Angesichts. Oft ist der Schwanz abgebrochen oder ein Bein, und ich hab noch mal von vorne anfangen müssen. Dann hat Valerie gefragt, ob ich denn bescheuert sei, alle machten heute so was mit dem Computer, der habe auch eine Schere und könne aus wenigen Katzen viele machen. Eine geradezu wunderbare Katzenvermehrung. Sie hat mir gezeigt, wie's geht. Wenn man die Teile vertauscht, kann man so viele neue Katzen zusammensetzen, wie man will, in Nullkommanix hat man eine ganze Schar, und jede Katz sieht anders aus.«

»Ich will eine für mich«, sagte Schlumpel. »Aber schön groß. Und schön wild. Einen Kater.«

Ich erschuf also einen schönen, großen, wilden Kater. Er sah uns mit gespitzten Ohren erwartungsvoll an und bekam, als er Schlumpel sah, Gluhaugen.

»Es soll ein richtiger Kater sein.«

»Ich mache grundsätzlich keine falschen Katzen und Kater.«

»Er soll nicht verschnibbelt sein«, sagte Schlumpel, »es soll noch dran sein. Das Katerische.«

»Ach so.« Ich griff zur Maus. »Siehst du? Es ist dran, das Katerische.«

»Mach, daß er untergeht.«

»Geh unter, schöner wilder, katerischer Kater!« befahl ich und fuhrwerkte auf dem Bildschirm herum. Der Kater kringelte sich zusammen, pfetzte die Augen zu und fing an zu schnarcheln.

»Sonst noch Wünsche?« fragte ich.

»Red nicht so laut«, sagte Schlumpel, »er träumt.«

»Wovon?«

»Von einer Katz mit grünen Augen und rotem Pelz. Und daß er hinter ihr her ist.«

»Und dann?«

»Hat er sie.«

»Aber Schlumpel«, sagte ich, »du in der Blüte deiner Jahre rennst doch viel schneller als so ein Kater, du rennst wie eine gesengte Sau. Wenn du willst.«

»Man will«, sagte meine liebeslustige Katze, »nicht immer gesengt rennen, wenn man blüht und wenn ein sehr schöner, sehr wilder und sehr kateriger Kater hinter einem her ist. Rennst du vielleicht, wenn Konrad –«

»Und jetzt?« fragte ich.

»Rennt er um mich rum. Immer wieder.«

»Und jetzt?«

»Roll ich mich hin und her.«

»Warum denn?«

»Weißt du doch. Rollst du nicht?«

»Ich roll anders«, sagte ich. »Dezenter.«

»Das macht ihn nämlich verrückt«, sagte Schlumpel zufrieden.

»Und dann?«

»Hockt er sich neben mich.«

»Und dann?«

»Fetz ich ihm eine.«

»Und er?«

»Er zirpt.«

»Er zirpt?«

»Ja. Ganz vogelig.«

»Warum zirpt der Kerl vogelig?«

»Der will mich rumkriegen. Ist doch klar. Zirpt Konrad nicht?«

»Kriegt er dich rum?« fragte ich.

»Noch nicht«, sagte Schlumpel. »Erst soll er sich mehr anstrengen. Jetzt zisch ich. Der soll bloß nicht meinen, er sei der Größte, Wildeste, Schönste. Auch wenn er's ist.«

»Und dann, nach dem Gezisch?«

»Renn ich weg.«

»Wie eine gesengte –?«

»Bißchen langsamer, ich bin doch nicht blöd.«

»Und er?«

»Immer mir nach.«

»Und jetzt?«

»Ich wart auf ihn, und wenn er da ist, zieh ich ihm wieder eins über.«

»Und er?«

»Heult. Und wie der heult«, sagte sie genüßlich.

»Und du?«

»Ich fetz ihm gleich noch eine.«

»Und er?«

»Knurrt. Spielt sich auf. Buckelt. Macht ein Mordsgedöns. Beißt mich ins Genick. Au!«

»Und dann?«

»Sag ich nicht«, sagte Schlumpel. »Wart ein bißchen.«

»Und?« fragte ich nach einer Minute. »Was macht er jetzt?«

»Er heult.«

»Schon wieder? Der scheint ein Dauerheuler zu sein.«

»Ich hab ihm eine geschmiert.«

»Aber warum denn?«

»Weil's reicht«, sagte Schlumpel, schleckte sich den Pelz glatt, den der Kater durcheinandergebracht hatte, besonders im Nacken. »Jetzt kann er wieder aufgehen.«

»Geh auf, mein Freund!« befahl ich.

Der Kater sah uns verwirrt an und wußte nicht recht.

»Schneid ihm den Schwanz ab!« verlangte Schlumpel.

Die beiden ersten Kater, die immer noch in dem O und auf dem V hockten, zuckten zusammen.

»Den kriegt dann die nächste Katze. Die machst du jetzt.«

Also erschuf ich eine weitere Katze Und dann tat ich, was Schlumpel verlangte, wenn auch mit innerem Widerstreben. Der Kater, nicht wissend, wie ihm geschehen war, drehte sich um und starrte verstört seinen nicht mehr vorhandenen Schwanz an. Den verpaßte ich der neuen Katze.

»Die hat jetzt den Katerschwanz«, sagte Schlumpel, »und er kriegt den Katzenschwanz. Find ich lustig. Weiter! Noch mehr Katzen und Kater! Einer soll buckeln, eine sich strekken, einer soll eine Maus fangen. Der vorne kriegt keine, die Maus haut ab.«

»Bitte sehr!«

Schlumpel fiel in einen Rausch. Sie verlangte, ich solle eine Katze in ein Q sperren, einen Kater von einem S herunterspringen lassen – was der etwas furchtsame Kater erst beim dritten Anlauf schaffte. Dann mußte ich noch einen machen, und noch einen, den achten, zehnten, fünfzehnten, zwanzigsten –

»Schlumpel«, sagte ich, »ich kann nicht mehr. Ich streike. Ich brauch eine Ruhepause. Auch der liebe Gott hat nicht am laufenden Band geschöpft.«

»Nix da!« sagte meine entfesselte Katze. »Jetzt machst du eine Katzenmutter mit sieben Kindern. Und dann noch eine. Und noch eine. Die Katzenkinderköpfe vertauschen wir wieder, Kopf ab und Kopf wieder dran macht Spaß.«

Thomas Mann, dachte ich, hatte auch seinen Spaß an der Sache, nachzulesen in der Geschichte von den ›Vertauschten Köpfen‹. Aber als Feind jeglicher Exzesse beließ er es bei zweien.

»Jetzt springen alle übereinander«, sagte Schlumpel. »Die Katzenmütter heben die Pfoten. Die einen die linke, die anderen die rechte. Dann kommt ein Katervater. Und noch einer. Jetzt haben wir acht Katerväter. Die Katerväter –«

»Schlumpel«, sagte ich, »hör auf! So viele Katzen halt ich nicht aus.«

»Jammer nicht!« befahl Schlumpel. »Katzen kann man nie genug aushalten. Jede Katz braucht ein Körbchen. Mach Körbchen!«

Doch nun war meine Schmerzgrenze erreicht. Ich drückte brutal auf den Aus-Knopf. Ohne die Katzen abgespeichert zu haben.

»Was ist los?« fragte Schlumpel. »Wo sind die alle hin?«

»Aus die Maus«, sagte ich und seufzte erleichtert auf.

»Nix Maus«, sagte Schlumpel, »das sind doch Katzen.«

»Das waren Katzen«, sagte ich zufrieden und zog in Erwägung, fürderhin meine Katzen wieder, wie einst, in solider Handarbeit aus schwarzem Papier zu schneiden, ohne des Computers und Schlumpels schöpferische Mithilfe.

Psi oder nicht Psi – das ist hier die Frage!

»Möcht bloß wissen, was sie hat«, sagte Konrad.

»Wer hat irgendwas?«

»Schlumpel.«

»Eine Maus?«

»Keine Maus. Vorhin war ich im Wohnzimmer. Und was seh ich?« Er starrte mich an.

»Was hast du gesehen, Konrad?«

»Sie hockt auf dem Lautsprecher und hat diesen Blick.«

»So wie du mich gerade anstarrst, nur ohne auf dem Lautsprecher zu hocken?«

»Anders. Sie hat mich nicht angestarrt, sie hat durch mich hindurchgestarrt. Wie wenn ich aus Glas wär. Oder gar nicht da. Ich hab sie gefragt, ob was sei, aber sie hat nicht reagiert. Sie hat –«

»Durch dich hindurchgestarrt.«

»So ist es.« Konrad trug die von ihm persönlich abgetrockneten Gläser ins Wohnzimmer – Gläser, die ich abtrockne, haben immer Flekken, wie er behauptet – und verstaute sie im

Eckschrank. Er wirkte verstört. Eine durch ihn hindurchschauende beziehungsweise hindurchstarrende Katze kann die Seele eines normalerweise selbstbewußten Mannes schon aus dem Gleichgewicht bringen.

Es dämmerte, als Schlumpel zur Balkontür hereinkam. Sie begrüßte uns mit hochgestelltem Schwanz und begab sich schnurstracks auf den Sessel. Darauf hatte Konrad nur gewartet.

»Was hast du heut morgen, als ich ins Zimmer kam, gesehen, meine liebe Schlumpel?« fragte er mit hinterhältiger Freundlichkeit. »Wobei ich mich frage, warum du immer wieder ausgerechnet auf meinen Lautsprechern sitzen mußt.«

Schlumpel gähnte.

»War's was Interessantes?«

Schlumpel ruckelte sich auf dem Sessel zurecht und wirkte auskunftsunfreudig.

»Oder hast du was gehört?«

Schließlich hatte sie ihre Lage gefunden und rollte sich zusammen.

»Hat was geraschelt? Gepiepst? Gebrummt? Gesummt?«

Sie legte den Schwanz bedächtig um sich herum.

»Nun sag schon!«

Dem Schwanz gefiel das Rechtsherumliegen nicht, weshalb sie ihn nun links um sich herum drapierte.

»Ich jedenfalls hab nichts gehört.«

Schlumpel machte ein Gesicht, als meine sie, das müsse gar nichts besagen, und glättete mit rosaroter Zunge die nun zufrieden wirkende Schwanzspitze.

»Ich verrat's auch keinem«, versprach Konrad.

Meine Katze warf ihm einen unergründlichen Blick zu und fing an, ihre Vorderpfoten zu maniküren.

»Nicht mal ihr.« Er nickte in meine Richtung.

Nach dem Schlecken spreizte sie die Zehen und beknasperte sie mit zugezwickten Augen.

Konrad dämpfte die Stimme. »Es heißt ja, Katzen seien imstande, Dinge zu sehen, die wir Menschen nicht sehen können.« Das sagte er natürlich nur, um aus Schlumpel etwas herauszulocken, doch die ging nicht in die Falle und legte den Kopf auf die frisch gewaschenen Vorderpfoten.

»Was« – Konrad brachte es schier nicht über die Lippen – »was Übersinnliches, sozusagen.«

Nun war es heraus, das Wort, und stand im Raum. Schlumpel öffnete die Augen wieder, betrachtete zuerst das im Raum herumstehende Wort, dann sah sie Konrad mit geweiteten runden Pupillen an.

»Es ist unhöflich, jemanden direkt anzustarren. Das bringt man schon kleinen Kindern bei.«

Schlumpel ignorierte diese Bemerkung.

»Also wenn du mich fragst, ich glaub nicht an Übersinnliches und ähnlichen Psi-Unsinn.«

Schlumpel dachte nicht daran, ihn zu fragen, und vergrößerte ihre Pupillen noch mehr.

»Katzen«, sagte Konrad gereizt, »haben gar keine übersinnlichen Fähigkeiten. Merk dir das!«

Schlumpels Schwanzspitze zuckte leicht, um nicht zu sagen amüsiert.

»Das kannst du höchstens der da erzählen, die ist für so was empfänglich.« Sein Daumen deutete auf mich. »Weißt du, was sie gerade liest? Ein Buch über die rätselhaften Fähigkeiten von Tieren. Sehr unwissenschaftlich. Von – wie heißt der Kerl?«

»Der Kerl«, sagte ich, »heißt Rupert Sheldrake, sein Buch ›Wunder und Geheimnis des Übersinnlichen‹. Dieser kluge Mann plädiert darin für ein neues Verständnis von den Kräften der Tiere und Menschen. Er schreibt, man unterscheide zwischen ›Vitalisten‹ und ›Mechanisten‹.« Mein Daumen deutete auf Konrad. »Der da ist ein Mechanist, wie du bestimmt gemerkt hast, Schlumpel. Sheldrake fährt fort, die Mechanisten verschlössen sich prinzipiell der Möglichkeit, daß es Dinge geben könnte, die nicht mit den Mitteln der Physik und der Chemie zu erklären sind. Die Vitalisten hingegen, zu denen ich mich zähle, seien auch gegenüber der Möglichkeit anderer, nicht mechanistisch zu erklärender Phänomene wie der medialen Begabung beim Menschen oder der paranormalen Fähigkeiten von Tieren aufgeschlossen.«

Schlumpels Schnauzwinkel zeigten leicht nach oben, was Konrad so sehr in Rage brachte, daß er zum Bücherregal ging und mit sicherem Griff das Buch ›Catwatching‹ von Desmond Morris hervorzog, welches er in der sehr umfangreichen Abteilung »Alles für die Katz« eingeordnet hatte. »Dieser Mann«, sagte er, »ist eine unbestrittene Autorität auf dem Gebiet der Verhaltensforschung.«

Er blätterte darin herum, dann hatte er die Stelle gefunden und las sie erst mal für sich. Dann sah er uns triumphierend an und sagte, das Wesentliche zusammenfassend, auf daß wir es auch verstünden, hier stehe geschrieben, viele Menschen glaubten, Katzen verfügten über eine Art außersinnliche Wahrnehmung, aber – hier hob Konrad die Stimme – dies sei nicht der Fall.

Herrn Morris' Ansichten schienen Schlumpel keinen Deut zu kümmern.

Es sei ein reizvoller Gedanke, fuhr Konrad, beziehungsweise Herr Morris fort, daß es für alles, was Katzen tun, eine logische, plausible Erklärung gebe, sobald wir erst herausbekommen hätten, wie die betreffenden Wahrnehmungsmechanismen arbeiteten. »Na?« Das »na« stand, wie er hinzufügte, allerdings nicht im Buch.

Schlumpel, nicht gesonnen, Konrad ihre Wahrnehmungsmechanismen zu erklären, gähnte ihm ins Gesicht.

Konrad und ich ließen nun erst recht die beiden Forscher aufeinander los. Wir standen uns gegenüber, Aug in Aug, jeder mit seinem Buch.

Die Biologen, sagte ich, mich mit Sheldrake einig wissend, seien nicht bereit, sich der Möglichkeit zu nähern, daß das Leben wunderlicher sein könnte, als sich die alte Wissenschaft je träumen ließe.

Konrad und Herr Morris hielten dagegen, es sei heute modern, alle rätselhaften Erscheinungen den Wirkungen übernatürlicher Kräfte zuzuschreiben, aber das resultiere nur aus der eigenen Unsicherheit oder Unkenntnis.

Herr Sheldrake und ich erklärten, die alte mechanistische Theorie sei, wie wir glaubten, kein tauglicher Ausgangspunkt mehr für die Erforschung des Lebens.

Dagegen erklärten Konrad und Morris, wir könnten nicht wahrnehmen, was außerhalb unserer Sinne liege. Konrad hob die Stimme: »Auch die Katze nicht.«

»Das steht da aber nicht drin«, sagte ich, und Konrad gab zu, das sei zwar von ihm, aber Morris teile natürlich seine Auffassung.

Die Biologen, sagten Herr Sheldrake und ich von oben herab, setzten nach wie vor alles auf die Hoffnung, die Phänomene des Lebens auf Prinzipien der Physik zurückführen zu können, aber die neue Physik sei längst woanders. Was Professor Lesch sicher bestätigen könne.

Dieser Satz stehe aber bestimmt nicht da, sagte Konrad, und ich sagte, nein, der sei von mir, aber Herr Lesch, als neuer Physiker, teile zweifellos unsere Auffassung.

Schlumpel hatte dem Streitgespräch ohne ersonderliches Interesse zugehört. Doch nun erstarrte ihr Blick. Ich möchte fast sagen, er wurde starrer von Sekunde zu Sekunde.

Konrad schlug Herrn Morris zu. »Es muß doch einen ganz normalen Grund für dieses komische Geglotze geben«, rief er genervt. »Wahrscheinlich hat sie einen Krampf und kann die Augen nicht mehr zumachen. Ich kenn das von meinen Waden. Du solltest ihr Magnesium ins Futter tun.«

Schlumpel zwickte ganz kurz und unverkrampft die Augen zu, öffnete sie dann wieder und starrte weiter mit einer Intensität, die unheimlich war, durch Konrad hindurch.

»Es gibt«, sagte dieser mit fester Stimme, »eine ganz natürliche Erklärung. Wie für alles.«

»Nur her mit der natürlichen Erklärung!« sagte ich.

»Sie versteckt sich bloß«, sagte Konrad. »Aber ich finde sie bestimmt. Da könnt ihr beide Gift drauf nehmen, du und deine vermaledeite Katze.«

Meine vermaledeite Katze vergrößerte ihre Augen noch mehr, und ich sagte, wenn hier einer Gift nehmen könne, dann er, und zwar darauf, daß meine Katze und ich bestimmt kein Gift darauf nähmen, daß er eine natürliche Erklärung finden werde.

Konrad wandte sich um und schaute hinter sich. »Da ist nichts«, sagte er laut. »Auch wenn dir die Augen fast rausfallen.«

Schlumpels Pupillen weiteten sich über das normale Maß hinaus. Ich fragte mich, wie sie das hinbekam.

»Und da ist auch niemand«, sagte Konrad sehr laut.

Schlumpel zog die Luft ein, sie starrte und schnüffelte, schnüffelte und starrte.

»Lavendel«, murmelte Konrad. »Sie hat immer leicht nach Lavendel gerochen. Heute wär ihr hundertster Geburtstag.«

»Du redest schon irre, Konrad«, sagte ich besorgt. »Schlumpel ist erst dreieinhalb und hat keineswegs Geburtstag. Und sie hat noch nie nach Lavendel gerochen. Schlumpel riecht immer nur nach Schlumpel.«

»Ich mein meine Oma.«

»Was hindert sie daran, heute hundert zu werden?«

»Sie ist mit achtundachtzig gestorben.«

Schlumpel auf ihrem Sessel starrte weiterhin mit vorgestrecktem Hals durch Konrad hindurch. Ihre Pupillen glichen unergründlichen schwarzen Teichen, in denen sich zwei Sichelmonde spiegelten.

»Ich halt's nicht mehr aus«, sagte Konrad. »Ich bin ein aufgeklärter Mensch. Ich verlange zum letzten Mal, daß deine Katze sofort ihre Starrerei einstellt, von meinem Sessel herunterkommt und eine glaubhafte, fundierte Erklärung abgibt für ihr aufreizendes Verhalten.«

Schlumpel ruckelte sich in ihrem Sessel zurecht.

»Ich seh etwas, was du nicht siehst«, sagte ich.

»Was? Du auch?« fragte Konrad. »Fang du bloß nicht auch noch an mit der Glotzerei.«

»So heißt ein altes Kinderspiel. Vielleicht ist es auch gar kein Spiel.«

»Sondern?«

»Eine Möglichkeit. Ein Wunder. Ein Geheimnis. Irgendwas Mystisches halt.«

»Ich geh ins Bett«, sagte Konrad und knallte die Tür hinter sich zu.

»Den hast du aber ganz schön verunsichert«, sagte ich zu meiner Katze.

Schlumpel rollte sich ganz unmystisch einmal um sich selbst, klappte endgültig die Augen zu und fiel in einen tiefen, tiefen Schlaf.

»Wenn du heut nacht im Traum die beiden Herren Morris und Sheldrake triffst, grüß sie von mir, den einen herzlich, den anderen weniger herzlich, und morgen früh sagst du mir dann, wer von den beiden recht hat.«

Wir saßen beim Frühstück und sahen dem Eichhörnchen beim Frühsport zu, wie es kopfüber die Bäume hinuntersauste, von Ast zu Ast flog, und Konrad sagte immer wieder: »Ich kann's nicht sehen, der Kerl bricht sich noch den Hals.« Aber unser Eichhorn, von dem jeder Nachbar behauptet, es sei sein persönliches Eichhorn, dachte nicht daran, sich den Hals zu brechen. Dann kam Schlumpel, munter und ausgeschlafen wirkend, zur Tür herein und verlangte auch Frühstück.

»Na?« fragte ich. »Morris oder Sheldrake?«

Schlumpel blinzelte mich an und sagte: »Miau!«

»Da hast du's!« sagte Konrad voll Grimm. »Sie läßt uns am Seil rauf und runter. So ist sie, deine Schlumpel.« Und bekam wieder diesen seltsam wehleidigen Ausdruck, den er seit einiger Zeit mit sich herumträgt.

Des Menschen, besonders des Mannes Seele ist unergründlich, hat jemand Gescheiter gesagt. Die Einschränkung auf die männliche Seele ist von mir. Und dann dachte ich an den Dichter Robert Walser, der geschrieben hat: *Man kennt die Katz und kennt sie nicht; wer sie sich zu erklären sucht, steht vor einer undurchdringlichen Frage.*

Nicht ohne meinen Kater!

Ich machte mir Sorgen. Konrads wegen. Immer unübersehbarer schien ein geheimer Kummer an seinem Herzen zu nagen. Auch kam es mir vor, als gingen ihm vermehrt die Haare aus.

»Hast du was, Konrad?« fragte ich.

Konrad nickte. »Ich hab«, sagte er dunkel, »daß ich etwas nicht hab.« Er sah mich traurig an. Das kriegt er immer gut hin, und ich schmelze leicht. Was er sehr wohl weiß.

»Schütt mir dein Herz aus«, bat ich.

»Ich will dich ja nicht kränken«, sagte Konrad sanft, »du bist wirklich sehr lieb zu mir, wenigstens meistens, aber – man will auch mal was Eigenes.« Seine Stimme klang brüchig.

»Was meinst du denn, zum Kuckuck? Zum Kinderkriegen bin ich zu alt.«

»Ich mein was anderes Eigenes.«

»Du hast doch eine Menge Eigenes«, sagte ich. »Eine eigene Wohnung in der Stadt, eine Zweitwohnung bei uns auf dem Land, deine

Putzfrau, deinen Steuerberater, deine Zeitung, deine Bücher, deinen Musiksessel –«

»Da hockt doch immer Schlumpel drauf«, sagte Konrad giftig. »Ich werd das Gefühl nicht los, sie hält ihn für ihren Sessel, auf den ich aus lauter Barmherzigkeit auch mal darf. Und man will doch –«

»– was Eigenes«, sagte ich. »Aber was?«

Konrad warf mir einen Blick zu, der mir ins Herz schnitt, ging hinaus in den Wald und klagte den Bäumen, Vögeln und Pilzen sein Leid.

»Konrad leidet«, sagte ich zu Schlumpel.

Das erschütterte meine Katze nur mäßig.

»Er will was Eigenes. Aber ich weiß nicht, was, und er sagt es mir nicht. Vielleicht weiß er selbst nicht, was er will. Die Krise in der Mitte des Lebens, wenn du verstehst. Weißt du's?«

»Vielleicht ein Schüsselchen zum Fressen, wo *Konrad* draufsteht. Ich hab ja auch eins.«

»Glaub ich nicht.«

»Oder ein neues Körbchen, wo er besser reinpaßt, er jammert doch immer, daß er seine Hinterpfoten so einknicken muß, oder sie hängen unten raus und werden kalt.«

»Glaub ich auch nicht.«

Schlumpel schlug eine Quietschmaus vor, einen eigenen Kratzbaum, einen Kamm, um die Flöhe rauszukämmen.

»Es muß was anderes sein«, sagte ich. »Vielleicht will er einen Turm. Einen Dicht- und Denkturm. Jedesmal, wenn uns ein Turm begegnet – oder wir einem Turm –, kriegt er diesen Sehnsuchtsblick. Und dann seufzt er. Montaigne hatte auch einen.«

»Ist das der«, fragte Schlumpel, »der gesagt hat, er glaubt, daß seine Katz mit ihm Katz und Maus spielt?«

»Ja. Der hockte also in seinem Turm und schrieb dort seine berühmten blitzgescheiten Essays, und niemand durfte ihn stören. Madame Montaigne mußte ihm das Essen durch eine Klappe im Fußboden hinaufreichen. Das hat mir Konrad schon einige Male erzählt, mit wehmütigem Unterton, wie mir jetzt einfällt. Und da auch Konrad blitzgescheite Essays zu schreiben pflegt – vielleicht hinten im Garten – und man könnte den Turm mit Rosen beranken, oder mit Knöterich, das wär billiger – wie teuer so ein Turm wohl kommt?«

Konrad schlich wie geprügelt durchs Haus.

»So geht's nicht weiter, Konrad«, sagte ich. »Es muß etwas geschehen. Und zwar bald. Du brauchst was Eigenes. Einen Turm brauchst du. Wie Montaigne, dein Bruder im Geiste. Damit du deine Essays in aller Ruhe schreiben kannst, reiche ich dir auch das Essen durch eine Bodenklappe und verzieh mich dann gleich wieder. Ich hab gedacht, hinter dem Kompost –«

Konrad starrte mich verdattert an und wollte weder einen Turm noch ein durch die Bodenluke gereichtes Essen. Er esse, sagte er, lieber in meiner und in Schlumpels anregender Gesellschaft.

»Gut, also keinen Turm. Du brauchst was anderes. Was immer das sein mag, ich hab nichts dagegen.«

»Und du, Schlumpel?« fragte Konrad.

»Miau!« sagte Schlumpel, was Konrad als Zustimmung nahm.

»Tu, was du tun mußt«, sagte ich. »Aber tu's gleich. Damit wieder Ruhe und Frieden bei uns einkehren.«

»Ja, wenn ihr beide darauf besteht«, sagte Konrad. Er richtete sich auf, seine Augen bekamen einen neuen Glanz, auch die Stimme klang anders. Kräftiger, entschiedener, hoffnungsvoll. Wie heißt es im Reineke Fuchs? *Und es sangen ihr liebliches Lied die neu ermunterten Vöglein.*

Konrad wirkte also neu ermuntert, wenn er auch kein Lied anstimmte. »Ich hab noch was vor«, ließ er uns wissen, »bis zum Abendessen bin ich wieder da.« Und bestellte Pfannkuchen mit Pilzfüllung, darüber Parmesan, und zwar reichlich.

Schlumpel, die auf dem Fensterbrett saß, sah ihm nach.

»Was denkst du, Schlumpel? Du machst ein Gesicht, als ob –«

»Es ist dein Konrad«, sagte Schlumpel voller Skepsis, »nicht meiner. Der hat was vor. Da blüht uns was.«

»Du verkennst Konrad. Er liebt dich doch, und ihr kommt auch ganz gut miteinander aus.«

Schlumpel rieb den Kopf an meinem Arm. Um des lieben Friedens willen, sagte sie mit Aug, Ohr und Schwanz. »Er bringt mir ja oft was mit. Eine bessere Büchse oder Lachsstückchen oder Knusperle. Ich werd es mir doch nicht mit ihm verderben. Ich bin doch nicht blöd.«

Konrad stand in der Tür, in der Hand ein mit einem Tuch verhülltes rundliches Etwas. »Augen zu!« befahl er.

Ich zwickte die Augen zu, Schlumpel nicht. Als Katze widersteht sie grundsätzlich jedem Befehl.

»Augen auf!« rief Konrad.

»Was ist das, Konrad?«

»Siehst du doch«, sagte er. »Ich hab was Eigenes. Endlich.«

Das endlich Eigene hockte auf seinem linken Schuh und zog an den Schuhbändeln. Dann kletterte es an seinem Hosenbein hoch und krallte sich in den Pullover. Konrad löste die Krallen – Krällchen – aus dem Pullover und nahm das Ding auf den Arm. Es schmiegte sich an ihn, es himmelte ihn geradezu an. Das gefiel ihm ausnehmend gut. Und –

»Sie kann schon schnurren«, sagte Konrad stolz, als hätte er es ihr selbst beigebracht.

»Gib mal her!« Ich nahm ihm das Ding ab, es sah mich mit Riesenaugen unverwandt an. Es war grau. Mausgrau. Von vorne bis hinten. Dann nuckelte es an meinem Finger.

»Ich hab sie ganz billig gekriegt«, sagte Konrad, »fast umsonst, hab nur die 100 Euro Kosten für den Tierarzt bezahlt und einen Zuschuß fürs Katzenhaus. Eigentlich wollte ich ja eine andere, es gab eine große Auswahl, richtige Schönheiten, jede wollte mich haben, alle sind auf mich zugestürzt. Aber die da, die ist nicht gestürzt, ist ganz klein in einer Ecke gehockt und hat geguckt. Und wie die geguckt hat. Bis in die Tiefe meines Herzens. So guckst du nie. Da war ich hin. Ich konnte nicht anders, Gott sei – na ja. Und drum ist sie da.«

»Das seh ich. Aber Schlumpel –«

»Du weißt«, sagte Konrad, »wie sehr Schlumpel mir ans Herz gewachsen ist. Aber sie ist mehr deine als meine Schlumpel. Und sie ist nicht ausgesprochen folgsam. Ich meine, jetzt hab ich eine eigene Katze, die« – seine Augen glühten vor pädagogischem Feuer – »die werd ich mir ziehen.«

»Und er formte sie nach seinem Bilde«, sagte ich. »Hab ich doch schon mal irgendwo gehört.«

»Da wird er sich aber schwer vergucken«, sagte Schlumpel, die um den Winzling herumging und ihn mit der Pfote antippte.

»Freust du dich, Schlumpel?« fragte Konrad.

»Saumäßig«, sagte Schlumpel, aber sie sah nicht ganz so aus.

»Dein Vermieter wird sich auch freuen«, sagte ich. »Darfst du überhaupt eine Katze –«

»Ich darf alles«, sagte Konrad überzeugt.

»Fein. Inzwischen weißt du ja, wie man mit einer Katze umgeht. Such dir einen guten Tierarzt.«

Das, sagte Konrad, brauche er alles nicht. »Sie bleibt natürlich hier bei euch beiden. Wer soll sich denn um sie kümmern, wenn ich weg bin?«

»Ich kenn jemand, der wollte immer was Eigenes. Jetzt hat er es und stellt es bei mir ab.«

Konrad versprach, Alimente zu zahlen und

für alle Kosten aufzukommen, und zwar großzügig. Und wenn er, also Konrad, zu uns komme, werde die Kleine ihm entgegenstürzen und um den Hals fallen.

»Um den Fuß«, sagte ich. »Aber im Katzenhaus ist sie auch nicht auf dich zugestürzt.«

»Ich bring's ihr bei«, versprach Konrad. »Wir werden eine sehr glückliche Familie sein. Abends werden wir am Kamin sitzen, jeder mit seiner Katze auf dem Schoß. Und wir werden alle miteinander schnurren. Wo steckt sie denn? Dein Anblick muß sie furchtbar erschreckt haben.«

Ich kroch auf dem Boden durch die Küche, Konrad fuhr mit dem Besen unter den Küchenschrank und hinter die Waschmaschine, förderte ein paar längst verlorengeglaubte Socken zutage sowie ziemlich viele Fussel, sagte – und das war eindeutig ironisch gemeint: *»Nicht jedes Mädchen hält so rein«*, das stamme aus dem ›Käthchen von Heilbronn‹ von Kleist. Worauf ich ihn verbesserte, das sei aus dem ›Faust‹ und eine Gemeinheit von ihm. Er zog sämtliche Schubladen auf mit der Bemerkung, da liege alles durcheinander, höchste Zeit, daß jemand mal hier aufräume.

Sie hockte im Zwiebelkasten.

Die erste Nacht verbrachte sie in meinem alten Nähkörbchen neben Konrads Bett. Als er aufwachte, lag sie in seiner Halsgrube. Das gefiel Konrad sehr. »Sie liebt mich schon«, sagte er glücklich. »So liegst du nie da.«

Schlumpel kam drei Tage lang nicht mehr heim. Am vierten hockte sie, die Vorderpfoten eng nebeneinander, den Rücken gebuckelt – eine Haltung, die tiefste Unzufriedenheit ausdrückt –, auf dem Fensterbrett und schaute nicht mal rein.

»Schlumpel«, sagte ich, »bin ich froh, daß du wieder da bist. Ich hab schon dran gedacht, mich wieder an meinen guten Freund Franz – den aus Assisi – zu wenden.«

Schlumpel würdigte mich keines Blickes.

»Du bist und bleibst die Hauptkatze in diesem Haus, die Katze aller Katzen, sozusagen. Das weißt du doch.«

»Ich geh«, sagte Schlumpel. »Wollt mich nur noch vom Tapferen Lieschen verabschieden.«

»Das Lieschen ist nicht tapfer, sondern fleißig.«

»Ich geh trotzdem. Ins Elend. Oder sonstwohin, wo man gut verhungern oder traurig sterben kann. Weil man rausgeschmissen worden ist. Dort geh ich unter und nie mehr auf.«

»Ohne dich, Schlumpel, wird das nix mit Konrads kleiner Katze. Wer soll ihr denn beibringen, was man als Katze wissen und können muß?«

»Konrad«, sagte Schlumpel mit flach angelegten Ohren.

»Soll der ihr zeigen, wie man eine Maus fängt und zerlegt? Wie man auf die Weide klettert? Wie man sich sauberschleckt? Wie man das Hackfleisch wegfrißt und die Pille, die der Mensch drin versteckelt hat, liegen läßt?«

»Ha!« sagte Schlumpel. »Dazu ist der viel zu blöd.«

»Hast recht. Ohne dich sind wir aufgeschmissen, Schlumpel. Ohne dich kann Konrad die Kleine wieder einpacken und zurückbringen ins Katzenhaus. Willst du das?«

»Ja«, sagte Schlumpel.

»Nein, das willst du nicht. Sei großmütig, Schlumpel!«

Meine Katze peitschte mit dem Schwanz hin und her und wirkte kein bißchen großmütig, sondern zutiefst verletzt in ihrer Katzenseele.

»Schau, das Lieschen läßt die Blätter hängen. Es wird dich sehr vermissen. Vermutlich wird es auch unter- und nicht mehr aufgehen.«

Schlumpel klopfte mit dem Schwanz aufs Fensterbrett.

»Und ich hab dann niemand mehr, der mir Konrad erklärt. Aber das macht eigentlich nichts mehr, denn dann wird auch Konrad dahinsiechen, und zwar jämmerlich, und ich muß zusehen.«

Ein Konrad auf dem Siechenbett bringt mir keine Katzentabs mehr mit, schien Schlumpel zu denken. Und er liegt womöglich gar nicht im Bett, sondern, in Decken gehüllt, ständig auf dem zum Siechensessel gewordenen Musiksessel. Und mir bleibt nur das Sofa. Und eigentlich ist er ja auch gar nicht so übel, unser Konrad. In Maßen ist er durchaus erträglich.

Schlumpel schloß die Lider halb. Sie richtete sich auf und streckte sich.

»Gib dir einen Ruck!« ermunterte ich sie.

Schlumpel gab sich einen Ruck. Sie sprang ins Zimmer, umrundete das Körbchen, in dem Konrads Neuerwerbung lag, und schleckte der Kleinen den Kopf. Die grabschte nach ihrem Schwanz, was Schlumpel sich gefallen ließ.

Ich ging in die Küche und öffnete eine Dose *Unser Feinstes,* füllte zwei Schüsselchen und trug sie zu den beiden.

Die Kleine stürzte sich auf die größere Schüssel.

»Das geht nicht!« sagte Schlumpel streng und zog ihr eins über. Aber nicht zu fest.

»Das Kind«, verkündete Konrad, »muß einen Namen haben. Es muß getauft werden.«

Ich erinnerte ihn daran, daß er, als unchristlicher und unreligiöser Mensch, nur dem Humanismus und der Aufklärung verpflichtet sei, was eine Taufe überflüssig mache.

»Man muß«, sagte Konrad feierlich, »die alten Bräuche ehren, auch als aufgeklärter Mensch. Das Kind wird getauft. Außerdem weiß man nie, wofür es gut ist.«

»Evangelisch oder katholisch?« fragte ich.

Konrad war für ökumenisch und gegen jegliches Brimborium. Eine schlichte Feier, ein feines Essen, ein köstlicher Rioja genügten vollauf.

»Ich weiß nicht, ob sie einen Rioja zu schätzen weiß. Und Kinder sollen ja keinen Alkohol –«

»Nicht?« sagte Konrad. »Dann trink ich ihn halt selber, du darfst auch mal an der Flasche riechen.«

»Hast du schon einen Namen?«

Das nicht, sagte Konrad, aber der werde ihm demnächst zufliegen. Man müsse den Täufling genau beobachten, wie er sitze, gucke, renne, sich kratze, seine Milch schlabbere, aufs Kistchen gehe, dann falle einem der richtige Name gewiß ein.

Und also beobachteten wir den Täufling bei allen seinen Tätigkeiten sowie im Ruhezustand. Mir fiel aber kein passender Name ein. Hier auf dem Land kriegen die Kinder am liebsten sehr besondere, sehr fortschrittliche Namen, die klingen toll international, einheimische Namen sind eher »bäh«. Nix Susanne, sondern Susan. Nix Anna, sondern Änne. Nix Karoline, sondern Cärolain. Nix Elisabeth, sondern Lizz. Nix Helene, sondern Helen. Nix Nikolaus, sondern Nicolas. Auch fehlt es hier nicht an Kevins, Dustins und Borissen. Hinten heißen sie aber immer noch Ebner, Albiez, Isele, Vogelbacher, Hasenbuck oder Schmidle.

Hätte ich Zwillinge gekriegt, sie hießen Hänsel und Gretel.

»Wie wär's mit Kleopatra?« schlug ich vor, »Marihuana? Casablanca? Fujijama?«

»Blödsinn«, sagte Konrad, »es muß was sein, was man gut rufen kann. Stell dir vor, du stehst vor der Tür und rufst: Kleopatra, komm, es gibt warme Milch! Oder: Marihuana, du hast Würmer. Ich will einen Namen, der wie die Faust aufs Auge paßt.«

»Du meinst wohl, wie der Topf auf den Dekkel. Wie bei Schlumpel. Name und Katze müssen eine Einheit sein. Schlumpel ist eine Schlumpel und sieht auch so aus. Was meinst du, Schlumpel? Wie könnte sie heißen? Welcher Name paßt zu ihr?«

»Schnuffel«, sagte Schlumpel.

»Schnuffel!« riefen Konrad und ich wie aus

einem Mund. »Ja, das ist's. Wer so herumschnüffelt, der muß einfach so heißen.«

Konrad nahm seine eigene kleine Katze auf den Arm, schaute ihr verliebt in die Augen, legte den Finger auf ihre Nase und sagte: »Du bist Schnuffel. Auf diesen Namen sollst du hören. Und mir gehören. In Ewigkeit, amen.«

Soviel ist von der Theologie immerhin an ihm hängengeblieben.

Schnuffel beschnüffelte seinen Finger und biß erfreut hinein.

Konrad brüllte.

»Er wird nicht zum letztenmal gebrüllt haben«, sagte ich zu Schlumpel.

Und Schlumpel sagte: »Er ist ein Kater.«

»Konrad? Weil er gebrüllt hat?«

»Nein, Schnuffel.«

»Auch recht«, sagte ich, »mal gucken, ob er's merkt.«

Dann klingelte es. Vor der Tür standen Dirk und Sabine, die jetzt in Bremen leben, er lang, dünn, mit wildem Bartgestoppel, sie klein und hübsch, auch mit einem eigenen kleinen Kater, einem Dreikäsehoch, nett und kugelrund. Und der Kleine heißt nicht Robin, nicht Marc, nicht Tom und auch nicht Ted, er heißt Matthies.

So sind wir nun also zu dritt, und wenn Konrad kommt, der es inzwischen tatsächlich auch gemerkt hat und Schnuffel als männliche Verstärkung ansieht, zu viert. Alles geht seinen natürlichen Gang. Aus den Polstermöbeln und Kissen hängen Fäden heraus, dunkle Flecken zieren den Teppich, ich stolpere alle naslang über Schnüre, die an einem Stuhlbein befestigt sind mit einem Bommel dran, an denen Schnuffel sich lustvoll abarbeitet. Meine Schlumpel bringt Konrads Schnuffel bei, wie man sich als Kater zu benehmen hat, wobei Konrad ihre Erziehung etwas autoritär findet. Aber Schnuffel, der nur Drolligkeiten in seinem kleinen runden Kopf hat, braucht, wie Schlumpel versichert, nun mal eine starke Pfote, damit er weiß, wo der Barthel den Most holt und was die Uhr geschlagen hat. Und der Tierarzt, der uns sehr gewogen und der Meinung ist, man könne nicht genug Katzen haben, schickt eifrig seine Rechnungen, die immer höher werden. Aber er muß ja auch leben.

Schnuffel wirkt sich auf Konrads Gesundheit im allgemeinen und auf die Genesung seines Beines im besonderen sehr förderlich aus. Mir scheint, als sei er beweglicher geworden, seit er unter Tische und Stühle kriecht, auf der Suche nach den Nüssen, die sein eigener kleiner Kater durchs Zimmer getrieben hat. Und daß er gelegentlich in Schlangenlinien über den Fußboden robbt, dankt ihm seine Wirbelsäule durch wiedergewonnene Gelenkigkeit. Auch wandert er an Krücken mit geradezu jugendlichem Schwung durchs Haus, um den Fuß eine Schnur gebunden, an der immer irgendwas Quietschendes, Piepsendes, Knatterndes, Raschelndes, Kraschelndes, Rumpelndes oder Pumpelndes hängt, das Schnuffel zu wahren Vernichtungsorgien herausfordert. Schnuffel weiß auch schon, wie er heißt. Ruft Konrad ihn, kommt er gerannt. Fast immer. Meistens. Ab und zu. Wenn er will. Oder auch nicht.

Und Konrad führt, beseelt vom pädagogischen Eros, Schnuffel zur klassischen Musik hin. Nicht mit Pauken und Trompeten oder mit ganzen Symphonieorchestern, nein, er spielt ihm erst mal ›Eine kleine Nachtmusik‹ mit der Mundharmonika vor, die beherrscht er recht gut. »Mundharmonika« heißt bei uns im Alemannischen nicht nur »Goschenhobel« oder »Maulorgel«, sondern, welch schöner Zufall, auch »Schnuffelrutsch« (Schnauzenrutsche).

Manchmal stelle ich mir Schnuffel vor, wie er auf dem Fensterbrett sitzt, zwischen den Pfoten seine eigene kleine Schnuffelrutsch, und ›Alle meine Entchen‹ spielt.

»Gibt es etwas, ohne das man, sofern dieses

Etwas also nicht vorhanden ist, nicht leben kann?« So fragt der Dichter Sandor Marai in seinem Buch ›Himmel und Erde‹. Und er fragt weiter: *»Was ist dieses Etwas? Die Liebe? Der Wille? Die Gnade?«*

Das sind große Worte, wie sie einem Dichter wohl anstehen. Ich mache nur kleine Worte und sage: »Ja, das gibt es. Für mich sind es Katzen.«

Und ich höre Konrads Stimme im Hintergrund, die mir beipflichtet: »Leben, sagten Sie? Nicht ohne meinen Kater, Herr Marai!«